U0894367

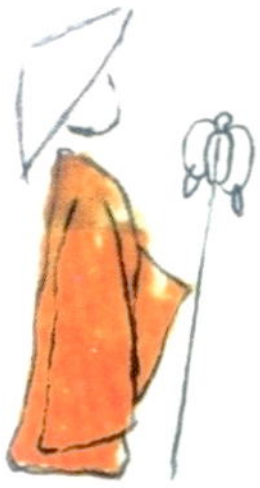

z o u d a o l i a n h u a k a i

走到莲花开

行 脚 五 台 山 随 记

闻章／著

河北大学出版社

图书在版编目（CIP）数据

走到莲花开：行脚五台山随记 / 闻章著. -- 保定：河北大学出版社，2016.9

ISBN 978-7-5666-1025-6

Ⅰ. ①走… Ⅱ. ①闻… Ⅲ. ①纪实文学－中国－当代 Ⅳ. ①I25

中国版本图书馆CIP数据核字(2016)第138486号

走到莲花开

——行脚五台山随记

闻　章/著

封面题字　闻　章
国画插图　闻　章
摄　　影　田　鹏　王　睿等

选题策划　一鸣工作室 · 文化坊
责任编辑　邓一鸣
装帧设计　傳薪BOOKS DESIGN
责任印制　闻　利

出版发行　河北大学出版社
印　　制　保定市文昌印刷有限公司
版　　次　2016年9月第1版
印　　次　2016年9月第1次
开　　本　787×1092　　1/16
字　　数　160千字
印　　张　13.25
书　　号　ISBN 978-7-5666-1025-6
定　　价　48.00元

版权所有　翻印必究

闻章，本名靳文章。河北河间人，现居石家庄。中国作家协会会员，著有《周易趣读》《老子趣读》《身边禅》《活卦》《韩羽》《把握未知的命运》《小兵张嘎之父》《步步踩着莲花》《大化如花》等书。

自　序

书名叫《走到莲花开》。莲花什么时候开？是到了之后才开，还是开了之后才算到？

莲花开不开，什么时候开，不用问人，问自己就行。莲花乃心花，心花开时莲花开。何谓心花开？心结解时心花开。人都是有心结的——好的心结，坏的心结，不好不坏的心结——一个一个的死疙瘩。坏的心结，要解开；好的心结，更得解开。其实，心结没有好的；你觉得好，那是对自己的欺骗。解开一心结，开启一莲瓣；千千结，千千莲瓣。

行脚，可以解心结；或者说，行脚是解心结的一个方式。走路则不行。走路与行脚不是一回事。为什么不是一回事？因为走路有目标。人朝着目标走，是结心结的方式。不管到不到目标，心结肯定结了一个又一个。行脚也有目标，但目标不在远处，而是在心里。走路是朝外走；行脚是朝内走，向着自己的内心。朝内心走的过程，即是解心结的过程。

走过五台山之后，田鹏又组织人走了峨眉，走了九华，走了黄梅老祖寺和庐山东林寺，再次走五台，再再次走五台，还到新疆去走。每次人不同，收获却都一样，就是解心结、开心花。

邓一鸣先生也一直在行脚，只不过是在他自己那里。我把稿子给了他，等于扔给他一座山，他从容地、不急不缓地行走在稿子的字里行间。他说，必须烂熟于心。还有，即是他以行脚五台的状态，天天面对自己，面对包括自己在内的全部世界，不喜亦不不喜。最近我见他，他面色红润，话语圆融，不必问花事，也知他那里花事纷繁。

邓一鸣先生即本书的责任编辑。

我不感谢他，我感谢我。我感谢所有的我。

所谓“所有的我”是谁呢？除了文殊菩萨，除了行脚五台的那些人，除了与出版本书有关的那些人，即是读者您了。读这本书，肯定有好处。即：读着读着，说不定就想行脚了；一想行脚之事，紫朱色的花苞就吐露出来了。

2015年11月28日于石门

目 录

引子：欲见文殊，先问赵州／1

火里水里，都在心里／12

云在青天水在瓶／36

退后，退后，看顽石动也／58

遇到另一个自己／82

急流水上不流／114

我与莲花同日生／158

无尽花事梦里参／180

归来尚有不尽音／191

跋 语／196

后 记／198

引子：欲见文殊，先问赵州

石家庄立市之初，曾将石家庄、休门两个自然村的名字各取一字，组成“石门”。“石门”这两个字也真好，无意间得了地理真诠。石门乃太行山门户，西依峰岳而东抱平原。紧挨着石门的井陉，山属绝坎，云峰插天，关隘重重，为天下九塞之一。太行腹地高山之上即是山西——山西高，河北低；山西高而峻拔，河北低而宽阔。石门在宽阔里，也在峻拔里。西过井陉口、娘子关，到山西。山西有晋祠，有洪洞古槐。石门北面、西北，即正定、行唐、曲阳、阜平，由阜平入五台境。朝礼五台者，此是必经之路。为什么这么走？因为这样，即可顺访赵州观音院（柏林禅寺前身）和正定临济寺。赵州从谂禅师与临济义玄禅师在时，即是先吃了赵州茶，再来闻临济喝；先在这里开了智慧，再到五台让文殊菩萨去印证。后来即是拜谒赵州真际塔与临济澄灵塔，企图在此得着些禅门真味。再往前，魏晋南北朝时，佛教大兴，这一带便是全国佛造像基地；如今曲阳仍是“雕刻之乡”。

临济义玄禅师，禅风凌厉，为佛之铎，一喝而省天下。曾有地方官王常侍来寺里视察，义玄禅师做引领。王常侍问：“这一堂僧，念经吗？”义玄答：“不念经。”问：“打坐吗？”答：“不打坐。”问：“不念经，不打坐，那做什么？”义玄答道：“让他们一个个成

◎ 敢问路在何方

佛做祖去！”而赵州老和尚的禅风却是绵绵密密，如细雨侵竹。来僧问祖师西来意，赵州反问：“吃粥了吗？”答：“吃了。”赵州说：“洗钵去！”那僧却因此而悟。

经临济义玄和赵州从谂两位大禅师多年行化过的这片土地，至今充满了灵性。具体表现为它的大朴与大智。石家庄人真是朴厚，朴厚即是以智慧为根基。因为天下事用不着算计，一算计就小了。从来不知算计的石家庄，坦坦荡荡，几十年间成长为一个大城市。生活在这个城市里的人，心灵真的宽阔。

如今的临济寺，古塔仍在，风动铎鸣，犹如老禅风。赵州柏林寺，经净慧长老中兴，如今已是名满天下。赵州古佛的道场，钟鼓梵音，仍旧不绝如缕；无门关里，大和尚明海住持安稳。

石家庄即在这微笑里。

石家庄距五台山不过500华里。在现代交通条件下，这已经不算路了。即是这样，却有好多人没有朝过五台。知道五台山，知道文殊菩萨，知道并没有亲到。好多人却也不遗憾，大概是觉得自己的智慧够用，不用劳烦文殊大驾；或者找个托词，说心里有文殊，因此也用不着劳动自己双脚。文殊菩萨也总是随缘，你来他欢迎，你不来他也不怪。当然，有好多人已经朝过五台了，甚至不止一次。不过，如今却有了这样一个因缘：从石家庄出发，徒步到五台。这样的一件事好不好？当然是好！能行吗？组织者想了又想；或者是想也不想，觉得行，就肯定行。关键在发心，一个愿心起来，如春芽拱动，力量异常强大，没有谁能够遏止得住。

组织者是田鹏。田鹏与朋友开了一家让人自在安适的公司，其中有养生一项。他的养生与别人不同，不但养人的身，还养人的心。比如他开有“人生大富贵”讲堂，主张人生须知真富贵，须得真觉悟，而不是在喧嚣浮华中浪荡一生。为调理身心，亦将一位法师的养生禅与静慧长老的生活禅融汇生发，形成了一套身心减负的养生理念。其方法除了在饮食上调理之外，还有一大项即是行禅。行禅即是悉心走路，走出好多效果。行禅一般的形式是在场地上转圈。一次我对田鹏说，能不能把七天的转圈抻开来，抻成一个远途。田鹏一听即有大兴致，说这太好了，我们把煮汤的锅灶载在车上，一路行到五台山吧。如果说初衷，此即是了。当时在场的还有王睿，王睿见证了这个想法的萌发。因此这次行脚自然少不了王睿。

我不是田鹏，我只管说，不管做；做不做我也不管。亏了世界上有田鹏，田鹏就负责把这一星星芽绿慢慢长成大树。10个月过去之后，到了2013年夏季，在坐车去山里的路上，田鹏问我：“你去吗？”事情果然成熟了。我立即回答：“去呀。”只是我岁数偏大，发白面皱，体形矮小，身单力薄，但徒步五台，不是空口白话，而是一步一步走的，能行吗？不行的话，也不仅仅是个简单的不行，一队伍的人呢，说不定是个拖累。拖累了队伍事小，耽误了朝山事大。田鹏即便不问，我也得自问。我问了，也答了：必须去。就因为岁数大，才更要去，不然以后机会是不是更少？时不我待，事不宜迟。再有，五台山我虽去过，但不是行脚去的，意义不一样。文殊菩萨不会嫌我老，他只会嫌我心力不够坚强。我从文多年，写书写文章，虽说没有智慧，但也从来没有离开过智慧，一星半点的成绩，也是文殊所赐；若无文殊，定无文书。因此我没有理由偷这一次懒。“去呀”，这一句话决定了我的方向。不只去，“我还要写一本书，名字就叫《走到莲花开》。”似乎想也没想，就有了这样一个题目。题目的闪现，也应该是文殊菩萨的特别看顾。田鹏说那么这次行脚就叫“走到莲花开”好了。于是，“走到莲花开”就成了行脚的主题。

启程日期定了——8月4日。屈指一算，还只有10天。公司开始忙活一切：网上报名，具体联系，各种准备；准备各种，比如斗笠、拄杖、雨衣、防暑药、止泻药、防蚊虫药、创可贴以及抽水泡用的针管等等。大事无小情，有一样没想到也会影响大事。并且还要开着车实地勘察一下路线，看到底的里程及沿路的情况，以便安排每天的吃住。决定不空腹，以安心走路；也不带车，免生依赖心。即便有人不行，爬也该爬到五台。没有车，就得自己背行囊。行囊外的东西公司准备，行囊里头的东西个人准备。虽说个人准备，也是公司发通知，提示该带什么，需要注意什么。这些事，公司的韩小玉、乔俊荣、郭红霞等几位出力最多。行囊里头放什么呢？鞋是要放的，一双鞋不行，雨淋了要换；衣服也是；还要有毛巾被，说不定晚上要露宿；还有吃的——巧克力、饼干甚至水果之类，随时补充能量：总之，根据每个人的心思，行囊会有轻重，但再轻也得有20来斤。

当通知发到保定的邓一鸣时，邓一鸣建议，说应该印一件文化衫，有“走到莲花开”字样的。此时的田鹏，正在实地勘察路线，一听就觉得好，只是没有时间落实。他索性采取“请君入瓮”的办法，说，麻烦邓一鸣代办一切。此时的田鹏，还不知邓一鸣是谁。邓一鸣既叫一鸣，没有二话，在大热天，也不知道跑了多少地方，联系了多少人，反正事做成了。图案发过来，田鹏看了，说真好。

我与邓一鸣认识，缘于出书。我是作者，他是编辑。也由此知道他人做得认真，事做得细致。田鹏刚跟我说过行脚之事，恰好邓一鸣来石家庄，一起喝茶时，行脚五台便成为谈资。他一听就来兴致，说：“我也想去。”他说他每天上下班都走着，一去十里，回来十里。“你看鞋，边都走出毛了。”“另外，《走到莲花开》这本书，我有感觉，应该我出。为了出书，我也须亲身体验，不然不深刻。”这即是邓一鸣先生的人生态度，他是把工作跟生命挂钩的。作为编辑，他的使命是出好书，涵养人心。他曾说，好书本身即是效益，非金钱所能衡量。好书是作者写出来的，也是编者编出来的。编者的付出是为人作嫁，把人家的女儿当成自家的女儿来装扮，源自内心深处的一份真爱。

出发的前一天，下午6时，大家齐集公司。一共18个人，只是徐崇智出差，未能赶回。大家兴致很高，认识的不认识的因此次行脚而成一体。名单是：靳文章（闻章，61岁）、刘见心（51岁）、邓一鸣（46岁）、徐崇智（45岁）、王秀杰（女，43岁）、王睿（42岁）、孔祥新（女，40岁）、李孟常（大龙，37岁）、王铁亮（36岁）、田鹏（33岁）、韩小玉（女，32岁）、乔俊荣（25岁）、李贵达（24岁）、崔春会（23岁）、郭红霞（女，21岁）、陈伟（21岁）、程通（20岁）、朱若琳（琳琳，女，16岁）。

我最大，若琳最小。一老一小中间，莲花朵朵开。此时此处，人人满怀憧憬。而有的人也难免有些许不安：朝山的路，会是怎样一个情景呢？这样长的路，这样热的天，这样浮躁的背景，从来没有过的经历，马上就要亲身体验，一切未知。正是未知使人兴奋，也正是未知使人起猜想。

其实，虽说一切未知，却也一切已知，因为从一发心，就已经奠定：须有一份深心。所谓“深心”，即是恭敬心、渴仰心、殷切心。

五台是圣山，文殊乃大智。如果没有一份深心，就与神圣不匹配，就与智慧不相宜。而不匹配、不相宜，即是错位；错位就会导致松散、疲惫、自我较劲，从而烦恼重重。世界是感应的，真心感得他心动，真心感得万物应。心在，世界就在了；心真，世界就真了。而诸佛菩萨，从来是真的，他们是靠真心修成的，他们是真心的具体体现。真心对真心，才会有效应，所谓“同声共振、同气相求”，所谓“同频率”。文殊菩萨一直有着强烈的信号，无量劫来他一直在召唤，一直在昭示，只是我们无听无视。我们一直在愚痴泥中滚爬，一颗心早已垢迹斑斑。此次行脚，是一次自我救赎行动，是一个自我超越过程，是寻找自己的一次尝试，是报答佛恩、父母恩、众生恩的一个机会。身体上是一次挑战，心灵上是一次洗刷、一次超拔。主题已有——“走到莲花开”，莲花在哪里开？莲花在心里开。佛菩萨那里是莲花界，青黄赤白，香光庄严。在此花映照之下，污泥浊水也会有片片花影。莲花出自淤泥，我们是淤泥，却也是生长莲花的淤泥！不，淤泥是莲花的前身。只要我们相信，心花即开启。此是此行高度。

高度决定态度，因此，不用说，我们也知道，我们这些人虽然有的刚刚认识，却不是乌合之众，也不同于一般的旅游团队，当然更不是比赛。你、我、他，是一个整体，不管在前在后，不管年长年幼，一切已无别。就好比头脑、四肢、心、肝、脾、肺、肾，各是各，却也同是一体。正因为各是各，才更是一体——各安其位，各司其职，都把自己照顾好；照顾好了自己，也就照顾好了整体。这是不热心的热心，不照顾的照顾。心定，一切定；我安，全体安。我和若琳，一老一小，但她要长大，我要年轻，因此最不该被照顾的，恰是我们。

走法呢？凡是行过禅的都知道走法：竖穷三际，横贯十方，全聚拢于脚下，我是宇宙，宇宙是我。前边有目标，但一旦踏上行程，我只是我：我在我这里，不在目标那里；反过来，目标在我这里。每一步都不是目的地，但目的地却离不开每一步——步步不是步步是。因此不用赶路，不超谁，也不等谁，自己走自己的，谁在前就在前，谁在后就在后，不必在意。走一步，扔一步，一颗心只在当下，千里万里只是一步，这样就不累了。已经是一整体，最前、最后哪怕相距十里、数十里，也是一整体。联系方式靠心不靠身。

恰有一出家师父，在朝礼五台的路上，三步一拜，额上、手上已结老茧。田鹏在勘察路线时看到了，于是停下车来前去供养。当出家师父知道田鹏正在为五台行脚做准备时，异常高兴，告诉田鹏行脚的注意事项：一、须有一根拄杖，山路上可助脚力，兼防野狗；二、不急不缓，徐徐而行；三、不是一人朝圣，而是带着七世父母、冤亲债

◎ 临行，先整顿一下心灵

真際
真法界萬德圓融
却之旅——走到莲花开

主、有缘众生，一起去见文殊菩萨；四、十几个人一同行脚，是莫大因缘，要照顾好大家，与菩萨心相应，只要相应菩萨就会加持。田鹏说，行脚路上，说不定我们还会遇到这位师父。

预备会上我们就说这些，就定这些。说归说，定归定，理论与经验，还得到实践中去检验。

8月4日——农历癸巳年六月二十八，早晨7点多，在石家庄市裕华西路真际禅林——此乃柏林禅寺下院集合。已有预约，行前请悟龙法师开示。正在集合之际，不想明勇法师来了。明勇法师曾是真际禅林的当家师，现在是柏林禅寺监院、河北佛学院教务长，他曾经三步一拜朝礼过五台山。他突然就来了，是文殊菩萨安排的吗？看着这样一支队伍，他也很高兴。我们请他开示，他满心欢喜地答应。张耀兮居士亦来送行，这是一位官员，更是一位禅者。他也想去的，但是走不开。他说：“我福薄呀。”

明勇法师、悟龙法师在佛堂先后给大家开示，上完早课的诸位居士也站在后面随喜。两位法师都谈到文殊菩萨的愿心“接一千，送八百”，即是当你发心朝五台时，文殊菩萨即会迎接你到千里之外；当你离开五台时，文殊菩萨也会送出八百里。就是说，当你朝山的心生起之时，我们已经在文殊菩萨慈悲的心目之内了。因此法师嘱咐：心不要紧，心紧身也会紧，心紧身紧容易出问题；要放松，但也不要散乱，一心住在佛号上，悉心行脚，会有感应，甚至有不可思议的感应；真心不虚，因此佛菩萨不虚。悟龙法师更细心，要我们安住脚下，不要闲话，不要轻易伤到虫蚁。

就要走了，在真际禅林门前，站好队留影：一人一斗笠，一人一拄杖，一人一笑脸，外加“如是”旗帜。留影之后，即开脚步，时在9时许，天燠热。

行脚五台，表面看来，只是一件事，但是这件事背后的因缘谁知有多深。俗话说："三年修得同船渡，百年修得共枕眠。"这些人，这件事，在这个时空点上，众缘和合，有了这么一次行动，肯定是千年等一回，甚至不止千年。

还是在昨晚，田鹏跟柏林禅寺明海大和尚通了电话。大和尚说，你们到五台，就住圣宝山好了，并告诉了联系方式。圣宝山愿成寺，即是明海大和尚2010至2012年闭关的地方。且我们还想到普寿寺拜谒梦参老和尚……大和尚说，一切无碍。

大和尚是让我们坚定信心，"蓦直走"，别回头。

他说这话是有来历的，因为赵州古佛从谂禅师就站在他身后。有公案——有僧朝礼五台，问道于一位老婆婆："台山路怎么走？"老婆婆说："蓦直走。"那僧蓦直而去。老婆婆说："好个师僧，就这么去了！"一位寺僧把此事告诉从谂禅师，从谂禅师说："待我去勘验勘验。"赵州见了老婆婆，一如旧问："台山路怎么走？"老婆婆一如旧答："蓦直走。"赵州老和尚也蓦直去了。老婆婆于是再感叹："好个师僧，就这么去了！"赵州回到寺院，对那寺僧说："那老婆婆，我替你勘破了。"

赵州老和尚勘破的是什么，谁能回答一句？

有一样不用怀疑：老和尚与老婆婆之间，定然站着满脸微笑的文殊菩萨！

老婆婆已经说了："蓦直走。"赵州老和尚已经蓦直走了好多回，他曾经九次朝五台。"赵州八十犹行脚"，他是在朝完五台之后才安住在赵州观音院的。如今赵州真际塔就在我们身后，净慧老和尚站在那里看着我们，明海大和尚站在那里看着我们，他们都用老婆婆一样的口吻说："蓦直走。"

于是"蓦直走"！

火里水里，都在心里

从真际禅林，一路向西。一支队伍在大街上与阳光一起流动，好多人驻足观看，眼里是好奇，是猜测，是慕羡。

我们就在众人的目光里，人人像一支离弦箭，很快就把自己射出去了。远远看去，只见晃动着的金色斗笠与白色拄杖。

有一个女人，站在真际禅林门外，一直看着这支队伍走远。已经看不到人影了，她还在望着。

她是谁?

虽是晴天，但石家庄的天空依然浑浊迷蒙，不透彻。强烈的阳光照射不进来，于是就从外面包裹、炙烤；里头的沉闷透不出去，只好翻滚、弥漫，整个天地如同煮粥，人等于在粥锅里。很快就有人出汗了，很快就都出汗了。西二环，西三环，西郊，高架桥，树。树是多么好的东西啊，在树下走似乎有一丝的阴凉，但树似乎很少，原来没有觉得，现在觉得了，树实在是少。而多的是汽车，且是大货车，拉着煤炭，或者石料，或者什么，沉重如牛，也像牛那样吼着，带起好大好长的一片尘土；尘土扑面，躲都躲不开。什么叫红尘滚滚？什么叫甚嚣尘上？这就是了。这是看得见的喧嚣，看不见的都在人的心里，比这还厉害。这即是背景——喧嚣、浮躁、急功近利。而五台是

◎ 心向清凉境

◎ 箭已离弦，真的“蓦直走”了

清凉山，清静安详。终于有了这么一支队伍，在穿过喧嚣，背驰而去。

路人赞叹；我们也赞叹，自己赞叹自己。人都是自救的。人在自救的时候，菩萨才能帮上忙；如果人不自救，则谁也不能救。不是不救，是无方施援手。

路线图已经发到手上，今天的目的地是平山县城，距石家庄90多华里。从新华路，一直向西奔鹿泉，鹿泉城东北折，奔石阎线。我们这么走是不是有点远呢？太阳越来越不像太阳，而变成毒火。热，闷热，死热，不怀好意地热。天气预报36摄氏度，但今天的36度比哪天的36度都更真切，切入的切，切到肉里、骨头里。

才走了多远就这样了？刚才心里还暗赞自己，似乎有几分英雄样——热就热，热算什么？算考验好了。但是，在鹿泉城东向北拐的时候，就已经有感觉了——不是英雄的感觉，而是有了几分狗熊的感觉。人也已经走散了，前头的在前头，后头的在后头，不是想象中的排列整齐、斗笠与拄杖在等距离中显露神气。走散了就走散了，到了拐弯的时候该等一等吧，结果前头的人没有等，径直就走了。田鹏有点急，给乔俊荣打电话，口气中透着焦躁："走，走，就知道走，你们知道后边是什么情形吗？"

后边是什么情形呢？我们也不知道。只看到见心追了上来。他把水喝完了，到路边店买水，出来之后就不见了队伍。于是有一些慌乱，问路人，看到了吗？像我这样装束的。路人说，就在前边，直走就是了。事后他感叹，这装束真好，外人一看就知道是一伙的。他后面还有人，那些人是怎么回事我们就不知道了。我只知道我们这几个——邓一鸣像红脸关公；刚赶上来的刘见心脸色有点白；王睿用头巾把整个脸包了起来，让人看不清面目。先头部队停了下来，乔俊

◎ 为防晒，不再顾及脸面

荣、崔春会等走到后边来探问情况。我们几个踩着路边蒿草，沿着一道矮墙前行，拐弯处剩下田鹏等人等后边的人。在围墙的一个豁口处，我们与前边的人会合，于是放下行囊，随处息憩。邓一鸣把文化衫脱下来拧，“哗啦哗啦”竟流下那么多水。邓一鸣是水做的吗？王睿也把文化衫脱下来，拧，也拧出来那么多水。

一会儿田鹏来了。田鹏未来之前，已经有人建议，说应该上午早走，下午晚走，避开中午狠毒之日。言之有理。田鹏来后，我把此话告诉给他。他口气决绝：“怎么定的怎么走。”田鹏的心没在这里，后边的确有什么事了。

人都来了，还缺谁呢？田鹏也不甚说，他怕影响到别人。是孔祥新出问题了，上吐下泻，应该是中暑。他们已经处理过了，孔祥新退出也可以，他们甚至愿意她退出——刚出城没多远，现在退出，就当什么事也没发生。但孔祥新不退。后来采访知道，孔祥新乃一铁性女子，与丈夫在天津开着个小公司，经营建筑材料，很有声色。她也说她中了暑，其实不尽然，而是因为来之前她还在吃中药，是胃里那些药物的反应。医生不同意她来，医生说她的腿不适合走路，何况走那么远。她真的不适合，腿有残疾：先天性髋关节坏死，一条腿长，一条腿短。别人看不出来，但她自己清楚。但吃药不仅是因为腿疼，还因为身上没力气，因此躺下了，躺了十几天，医生说她脾虚、肾虚，因此开了好多服中药。之所以隐瞒病情，是怕行脚不要她。她是强支着，由此也可看出她的刚强。

她是在参加田鹏组织的养生活动时听说行脚之事的，听说后就想来，想来就来了。比想象的难——天热，心急。她且没有深入接触过禅，尚不懂得安心。天若烘炉，她的胃她的肠反应强烈。真的不知道她有多痛苦，在这几十里之内，她吐了多少，泻了几回。吐是上边难受，泻是下边难受，没有厕所没有隐蔽地又多一重焦虑，要强的心与越来越远的队伍更让她不安。采访她时她几次说她是黄骅孔店人。黄骅人豪放直率有英雄气概我是知道的，孔店人莫非尤甚？她不退出，但她又没有办法跟上。恰在这时大姑姐打电话来，劝她退出，说你不要命了。大姑姐说到这份上，她似乎稍有犹豫，但也仅是一转念，随即坚定了信念，“请姐放心，我没有问题。”她心想，即便死也该死到五台山，哪怕牺牲在半路上，也不能一出门就歇菜。虽是铁性女子，但也有柔的一面。铁性使她坚强，柔性使她从容。惟从容能生智慧。她没有死拼，纵有死到半路上的决心，却不能真死到半路上。她想先缓冲一下，把自己从现在的状态中解救出来。于是她跟田鹏说：“田老师，让我坐会儿车吧。到前边我歇一下就好了，不然，我会拖累队伍。”

田鹏给她拦了一辆车。

孔祥新坐在车上，很快就超越了行脚的队伍。在相错的那一瞬，她的眼一热，随即把脸扭开。

那时我们对孔祥新还没有感觉，我们感觉到的是天的无情和水的亲密。才走了40里，或者不到40里，有的人已经喝掉了3瓶水。后边的人赶上来，继续走。天已中午，说明已经走了3个小时了。饿吗？好像更多的是渴。已经喝了好多的水，但还是渴。不过饭应时而至，就在荒野路边的两株槐树下，突然多出一个摊子。好像是专门为我们搭的：两顶蓝色布篷，几只桌凳，一口锅，一台灶，简陋到不能再简陋。如今看来，却亲切得很。有面条吗？有！于是决定吃面。

王铁亮是此行的财务总管，花钱的事他管。王铁亮来自清河县，清河县是武植的故乡。此武植，“少时聪敏，崇文尚武，尤喜诗书。中年举进士，官拜七品，兴利除弊，清廉公明，乡民聚万民伞敬之”，即这样一个人，却被后来的小说家塑造成了怯弱猥琐的武大郎形象。武大郎且不管他，如今只说王铁亮。王铁亮是个能干的人，从17岁就开始了他的创业：先是卖摩托车；后来卖电话机、传真机，连卖带安装，一时热遍全城；再后来就开连锁店卖电子产品了，手机类、家电类、电脑耗材类……有“拼命三郎”之誉，其实是拿命换钱。也真换来了钱，也真差点丢命；不是丢命，是把自己丢了，不知自己是谁了——“十大杰出青年”、政协委员、总经理王某人，以为那就是自己了。但虚假里的自己毕竟不是自己，因此慢慢疲厌了，钱也不想挣了，只想逃避。后来接触到传统文化，觉得真是好，便把自己逃避到了传统文化里。现在想想，也不对。五台行脚，他就报名了，他想到五台见文殊菩萨，让智慧之灯点亮他这块顽铁。

这次他来做财物总管，非常到位，每次都花最少的钱，吃最简单的饭。后来在五台山，返程前的最后一顿饭由别人点菜，一算账花去600多块，把个王铁亮心疼坏了。此乃后话。他是在为大家省钱，也不是为省钱，而是惜福。就因为这是行脚，惜食里头也有一份恭敬在，有一份功德在。

一锅煮不了太多面条，只能分拨吃。只能等。一个路边临时摊子，三五个行人即是多了，哪里想到会有这样大的一支队伍，如天降的一般，说来就来了。这使得老板兴奋且也有点手忙脚乱。在等的时候，我想到了我带来的饼，那是老伴儿昨晚上专门烙的，让带在路上给大家吃。我把饼拿出来，与大家分食。没有我想象的热烈，因为天太热，饼也失了水分，干而硬，即便这样，你一块，我一角，也吃完了。麻酱面，很咸。出汗多了需要补充盐分，但好像也需要不了这么多。估计是老板准备的菜卤不够，一时又无处措手，只好在盐上用心。虽然咸，但大家吃得很香。面条之后更渴，于是又喝煮面的汤，这个一碗，那个一碗。也是等，因为还要煮面，顾了此，就顾不了彼。都吃得很饱，再加上天热，身体发懒，先吃过的就在路边树下找个阴凉儿歇息了。见心还带了一块毡子，塑料泡沫加特殊材料的面，极薄极轻，他闪出一半来让我躺。以后的几天，只要是躺下歇息，我们就公用此毡。

依然是渴，问有没有西瓜。老板让身边的一个人去买。我们又被喊起吃西瓜，且把最大的一块给了我。

这样哩哩啦啦吃完饭，竟然耗掉一个多小时。

稍事休息，之后继续走。

饭前热，饭后似乎更热，太阳神大肆举行火事，除了路边的庄稼和树，凡是能躲避的都躲避了。路上的大车似乎也少了。日子像是被晒蔫了，有气无力。天闷得很，一丝风也无。但先头部队似乎感觉不到这些，说个走，“唰”就走了。他们是李大龙、乔俊荣、韩小玉、郭红霞、王秀杰等。

崔春会本来是在前头的，此时被田鹏指派殿后。田鹏是想借此保持队伍的完整性，给走在后面的人一个保障、一份安慰和鼓励。这样很好，只是难为了小崔。崔春会是今年夏天刚毕业的大学生，他从春天就开始做义工，也曾跟田鹏、乔俊荣等人从苍岩山走到赵州柏林寺。那也有一百多里的距离，他们走了两天，也没觉得多累。这次行脚，他本想像鹰隼那样一箭入高云呢，却让他来断后。本来走得快，却要慢下来，比那慢的还慢，于他来说有点难受。虽难受却也不说，他是奉命而行，没有怨言。非但没有怨言，他还要随着慢行人，行同行，止同止。据他自己后来说，在前头的话会很舒服，但在后头也很好，可以歇着，还可以聊天。但能看出他眼里有急切，也有无奈。不过，有了他托底，这支队伍的整体感的确得到了加强。

毕竟是第一天，前后也差不了多少距离，后边的人也是一会儿你超过我，一会儿我超过你，彼此错落。只有崔春会，谁在后面，他就跟着谁。

天真热，燥且闷，比上午更甚，比中午也甚。空气似乎凝固，成了铁板那样的固体，且是烧红了的铁板。有点喘不过气来，所有的人眉头都皱着，没有想到皱，却依然皱。人已经不能自控，而完全被天控制了。将到曲寨——曲寨并不远，也就十多里地，但好像走了好远。这时我想，参加过长征的老红军为什么待遇高，真是不容易。我们尚且不容易，何况他们？见心有点受不住了，头晕，头疼，要中暑。此时田鹏也已经受不住了，但他不说。作为领队似乎不能先显衰相，他要是垮下来谁知会是个什么结果，是不是像多米诺骨牌那样一倒一片？如果不是因为这个，那么就是虚荣心在强迫他，不让他脆弱。

但是见心说了。见心也不想说，但不说他就得一下子倒下。在倒下之前他说了："哎呀，我有点受不住。"说着就到了路边的树下。几个人相跟着也到了树下。

刘见心是沧州人。当年我也在沧州，那时我俩就已经是朋友。多年过去，已经51岁的他依然是年轻人模样。但是他说这些年太累了。为什么累？因为活得不真实。多年之前他就自己创业了，单枪匹马，摸爬滚打，做过书商，搞过保龄球馆，近年来涉足房地产。有饭吃，有车开，但仍不满足，所以就累自己，就包装自己：说不该说的话，吃不该吃的饭，做不该做的事，没大钱也得装出有大钱人的样儿，走路挺着，说话梗着，急功近利，殊不知近利难得利，急功没有功。

大概是累得到了时候，突然有一天他给我打电话。他已经多年没

有给我打电话了，突然就有了一个电话，电话里说这说那，但能听出来话语背后他的诸多烦恼。没过几天，田鹏这里的“人生大富贵”讲堂开课，由我来敷衍，设置的内容是“放下”，我即想，这堂课刘见心应该听听。

讲放下，我也没有资格。谁有资格？只有放下了的人才有资格。但真的放下了的人不会来讲。田鹏抬爱我，设个台阶让我上，我也不好拒绝。我没有给别人讲的资格，但有给自己讲的资格。我于是给自己讲。我的所有的书，书中的道理都是讲给自己听的。我愿意自己是个听我话的。但我的习气也难改，于是就反复给自己讲。人给自己是不讲假话的，惟不讲假话才是真自己。多年来，我都是在自说自话，自己讲自己听。自己消费自己的结果是慢慢变得纯净。其实，我们都不爱听自己的话，若是自己听了自己的话，这个世界就会变得极简单。但我的话也不是我的，而是佛菩萨的，是古圣先贤的，我从那里趸来，趸的过程即是得益的过程。我也愿意把我得到的益处与众人分享。我只是担心，古圣的话变成我的话之后，信息量会有减损，甚至有变异，更恐怕似是而非。那我罪过就大了。因此孔子“引而不发”，因此维摩诘沉默不言，因此释迦佛手拈金菠罗。贫困的我没有这些，便决定把一位太极拳的老拳师请来——老拳师叫成荣祥，让成先生来演示放下与拿起来的关系。

开课的日子将近，我给见心打了一个电话，他说他肯定来。果然他来了，席地坐在蒲团上参会。他晚来一天，没有看到老拳师演示，我有点替他遗憾。四两之轻与千钧之重在老拳师那里随心变换，放下与担当被他老人家诠释得淋漓尽致。见心无缘老拳师，只能听我讲。我虽不会讲，但他会听。这是个不同寻常的课，讲是不讲，不讲恰是讲，要的是一个氛围——大富贵的氛围，手机不开，停机、止语、喝粥，一切不着急，多在静默中；虽静默，却也一默如雷。互动的时候，见心说这次课对他来说有颠覆性的意义。果然颠覆，从此后他改变了原来的生活方式，不仅是急刹车，且是猛回头。他发现原来所有的外求都是错的，“行之不得，反求诸己”，他明白了自己一切一切本自具足，包括财富。这里的财富才是真财富。于是很快，他就参加了一次养生行动，走掉了十多斤肉。正是在此期间闻说了五台行脚，我愿让他来，田鹏也愿意他来。田鹏从他身上看到了什么叫猛利。而猛利的背后是聪慧——聪慧不是不犯错，而是一旦知错马上回头。

见心倚着树干坐下，解开行囊，拿出药瓶，马上吞服了一粒藿香正气胶囊。

当年大概也是在树下，文殊菩萨令善财童子采药，说：“是药者采将来。”善财遍观大地，无不是药，便对文殊说：“无有不是药者。”文殊说：“是药者采将来。”善财遂于地上拈一茎草，度与文殊。

见心服下的这粒丹药，是不是文殊菩萨度与的呢？

这是几株杨树，长在公路坡道下面的乱草中间。乱草很高，由于地势低再加上树荫，所以很绿，而远处的庄稼已经被太阳晒得失了颜色。人们都把行囊卸下来，拄杖斜在一边，胡乱找地方歇息。见心脱了光膀子，坐在地上，眯着两眼，双手合十，想来他是在念菩萨。他那样子，真的有了几分苦厄感。我虽然无大感觉，但也觉得此次歇息真是时候。我用毛巾把头面遮起来，以避炎热。田鹏、王铁亮、王秀杰、琳琳、陈伟与程通，或依树，或席地，都是默默而坐。待稍稍缓过气之后，见心、我、王铁亮、田鹏，我们四个人竟还像睡大通铺那样自在地躺在地上。若在平时，绝不会在这样的地方躺着，尽是尘土、乱草、碎石，但现在，却觉得比席梦思还好。依然没有风，依然热，但有了树的遮挡，渐渐缓过劲来。有花在开，有虫蚁在野草间爬，大地安稳如斯，只是歇会儿，并没有退缩之意。刚开始，各方面需要调整、调节，直到调谐。这些年，别说我们，就是农夫，也不在这样的天气里干活了。歇一霎，只一霎，在这一霎里却会安排下五百里行程。

田鹏把照片发到微信上，马上就有了回响。有的人说，这是一堆神仙；有的说，像是知青下乡；还有的说，如鬼子进村。

田鹏的改变也在这一刻。

田鹏一直在变化，这位天津纺织工学院毕业的大学生，在服装厂做过服装，别人做一件羽绒服用半天，他做了七天。这七天时间真的比后来禅修七天得到的还多。后来做保险。给别人做保险其实是想自己保险，一个月能多挣点儿，结果一个月下来，没跑来一个单子。在广场上看老人放风筝，风筝放上去的就特轻松，而放不上去的就特累。田鹏就想了，我得把自己放上去。那时的放上去，就是多挣钱。他规定自己，就是穷，也要穷到富人堆里。他这个想法是对的，果然后来他就穷到富人堆里去了。其实真到了富人堆里，他自己也就不会是穷人了。人的穷与富，在钱财上还是在心灵上？在钱财上，也在心灵上。钱财上穷，是因为心灵上穷。一旦心灵宽阔了，钱财上也肯定不会是穷的。你看佛菩萨有一位是穷困的吗？心灵的广博与财富上的优厚是一回事。佛是两足尊：智慧与福德俱足。菩萨是众中尊，人天敬仰。就是因为心灵豪富，广播远施，度人无数却也不以为意，“若菩萨有我相、人相、众生相、寿者相，即非菩萨”。有千顷地才能打万担粮，有佛菩萨的心肠才会有佛菩萨的豪富。田鹏终于接触到了传统文化，他开始知道什么才是真正的富有，什么才是真正的贫困。从片面的狭隘的认识到比较深刻的认识，这中间经过了心灵上的万水千山，有好多的感触于他来说也是刻骨铭心。由原来的一心想着挣钱到后来的一心想着行禅，你能说这都是那个田鹏吗？却真的都是他。当然，挣钱与行禅，应该说一点也不矛盾，关键在于钱该怎么挣，禅该怎么静。向往大富贵的田鹏，有着成为富贵者的自信，只是他还刚开头，还不到时候，还需要进一步的磨炼。如牡丹花，不到五月不会开，若提前开了，那还是牡丹吗？

这次行脚，田鹏应该是有压力的。当然，一开始没压力；非但没有压力，或者还有几分激动，信心满满。无数次的养生禅修活动，眼看着好多烦恼人迅疾转化为欢喜人，这里头不仅有喜悦，还有信心。这次行脚，不也相当一次禅修吗？应该没有什么。可是，自从一出西三环，孔祥新发病和队伍的前后断裂，一下子让他的心悬了起来。才开始即已这样，后边呢？高山大河还在后面。因此，他的急躁就出来了，左眼皮也一下子肿了起来。

这是不从容的表现。他已经察觉到了。他头疼头晕除了天热闹的，更多的是心里的躁导致。别人能宽容他的躁，他自己不能。树下小憩，他迅速地把自己调理好了。他知道自己错在哪儿了。远距离的行脚与原地行禅是不一样的，理论上的行脚与实地上的行脚也不是一回事，不出问题是不对的，出点问题不但不是问题，恰是佛菩萨对他的特别看顾。烦恼即菩提，逃避烦恼不是菩提，转化了烦恼才是菩提。虽说烦恼是佛菩萨对他的看顾，但没有提前跟他商量；或者说屡屡跟他商量，只是他不在意。如今他要商量了。跟谁商量呢？跟自己商量。自己在哪里？找到自己才能商量。遇事与自己商量，此也是我的主张。凡是商量，没有不成，只是我们欠缺，或者不相信。吃饭不跟胃商量，走路不跟脚商量，办事不跟良心商量，因此屡出问题。比方将生气时，商量一下，这气该生吗？生了气是谁的？这么一商量，问题自然化解。

接下来，田鹏回归田鹏，一路走下来，他一会儿在前，一会儿在后，脚步从容，体态轻盈，照顾前头，也顾及后头；手里举着照相机，不时照相，并且把照片发到微信上。有了微信，我们就跟整个世界连着了，有好多人跟帖，用心追着这支队伍。从容起来的田鹏，像路边的花朵那样，灿烂了再灿烂。他没有想成为队伍的灵魂，却是了。前后左右，表面看来他都没照顾，却也都照顾到了。什么叫整体，在他这里体会最深。整体谁知？脚不知道头，手不知道眼睛，但心知道。无论五脏四肢甚至毛发及每一寸皮肤，心都明白，一旦哪里有问题，哪怕只是有点痒，也马上知晓。田鹏的成功是安住自己的结果。

有一个人没有疲劳感，岂但没有疲劳感，简直是如鱼在水，得其所哉。此时的他有点像孙悟空，饭后歇息时，他也无心歇，而是摘下斗笠，赤起上身，把一根拄杖当作金箍棒耍。他为此次行脚，特意新剃了头，光头之光可夺日月。手发力，脚发力，全身发力，如金刚擎山，韦陀持杵。这支队伍有了李大龙，即添了十分活力。我这样想，相信大家也这样想。

歇息了一会儿，然后出发，李大龙发一声喊三蹦两跳就蹿出去了。他说：“这点路算什么？我打头，我安排旅馆。”

此时的李大龙真的是一条龙。也难怪，虽说已近不惑，但他身体底子好。他会武术，喜欢倒立，每天早晨经常像猿猴那样在树上倒立好久。且也善走，还在小腿上绑上20斤或30斤的沙袋子。如今不需要绑沙袋子，这样的走路，对他来说简直如同儿戏，所以他才同鼓上蚤那样闪跳如飞。

李大龙乃烹饪界公认的高人、美食家。只是这美食家不是学来的，他是不学而成。学成的厨师必然有所遵循，师出有名，但局限也在这里。他不需要学，或者一开始也没地方学，全凭着自己的灵性，在实践中感悟。凡是吃的东西，在他眼里全是学问，只是这学问任何烹饪学校里也学不来。各种特色的东西，他一看便会；如果看不会，那么用舌头一尝也便会了。因此他从生下来就该是厨师。也果然让他做了厨师。我享用过他做的一个汤，非常随意的一个汤，只放几

© 舍我其谁

只蘑菇与几粒黄豆，却鲜美异常，已经三年了我还记得那滋味。就这几样东西，似乎谁也煮不成这样。味道在哪里呢？在东西里吗？若在东西里为什么别人煮不成？没在东西里吗？若没在东西里，为什么换一种东西就换了味道？我曾问过李大龙，他说一切在心里。水是有生命的，东西是有生命的，时间也是有生命的，什么时间放什么，怎么放，都有讲究。他所谓的“生命”，即是灵性，不能伤了东西的灵性，而是要激活东西的灵性。靠什么来激活东西的灵性呢？只能靠人的灵性，也只有灵性才能激活灵性。

行脚与做饭哪样更容易些呢？或者换一句问：烹饪有灵性的人，行脚时还有灵性吗？

队伍已经松散开来，前边的一伙儿，后边的一伙儿，中间的几伙儿。虽然散着，却没有觉得散，如同神龙见首不见尾，大家都安了心，都归到了自己这儿，各安其位，反而有了整体感。散，恰是整；整，反而是散。不在实际中见到还真的不相信。天依然热，或者说更热。从下午一点两点到五点到八点，都是极热。到有卖水的地方必买水，人人手里握着水瓶子。路上所有的空瓶子也都是前头的人丢的。水都变成了汗，溻透了文化衫、内裤、外裤，擦湿了毛巾。背包也越来越沉重，肩头发紧，走几步拽拽背包带。

已经在石阎线上了，一直走就是平山县城。每次到平山，都觉得很近，今天的平山却异常远，走过一个村落再走过一个村落，走不完的村落，哪一个村落也都靠近平山，但哪一个村落也不是平山。三五个人，两三个人，止语，不是遵从行脚规矩不说闲话，而是都已经不想开口。

王秀杰与王铁亮等人在一起。她是个要强的，父母生了六个孩子，她是老六。父亲在铁路第三建设局，随着建设大军这里那里流动。母亲在定州老家守着孩子，多年分居两地，母亲的艰难是真的艰难。终于有一年母亲下定决心，带着孩子找到了父亲的建设工地，自此成了职工家属，后来定居在石家庄。母亲能干，看过自行车，卖过冰棍儿，夜市摆过摊儿，也当过居民委员会主任。在王秀杰15岁的时候，父亲殁了，本来就穷困的家一下子就穷困到了极度。姥姥常常把舅舅家的旧衣服弄一小推车来，给这一家子穿。印象中没有穿过新衣服，都是穿哥哥姐姐穿过的，大的大，小的小。鞋也是，尤其是穿小鞋的感受太深刻了。但也没有感觉到苦，苦已经是常态。每天下学后跑回家买菜做饭，还要把饭送给摆地摊的母亲。看到条件好的孩子有饼干吃，心里羡慕得很。直到如今见了好的饼干都要买，不是为了吃饼干，而是为了看那好看的盒子。

此次行脚，是因为李大龙——她跟大龙熟识。大龙问她："你参加呗？空腹走到五台，不能半途而废。"她对大龙说："你行我就行。"结果没空腹，还让吃饭，就觉得很好了。但是，走到这个时候，心里的疲惫感生出来。临来，丈夫断言："你最多坚持两天，坚持不住的时候打电话来，我接你。"秀杰说："我要是走到了，你得做个条幅接我。"丈夫说："行。"这个约定表面看来很软，其内在却重若千钧。真让丈夫来接？一天还不到，可就败在丈夫的话下了。所以这个电话不能打。然后又想，也许不用自己做什么，自己才四十多岁都这样了，闻章老爷子肯定很快或者已经顶不住了，那时候就会找个车，然后走不动的一块儿上车。她问王铁亮，铁亮说这是你的想象，属异想天开，根本不可能的事。

一句话让王秀杰死了心。心死了，腿也死了，每一步都很吃力，慢慢地就落了单。她吃力地走着，大地绵软无力，燠热恼人，真不知当何以之。这时一辆大巴车开过来，靠路边停下，有人下车。她也

◎ 白衣女侠

没多想，慢慢从车旁走过去。突然意识到这车是客车，车上客不用走路，却可转眼百里。这样一想，两腿更沉了，那车极具诱惑力，只需一迈腿，即可解脱。于是想：我若是上了车，不会有人知道，哪怕坐几站再下来，也可得大缓解。这样想着却走过了车门，心虚，担心被队友看到，遂把斗笠摘下来，一边走，一边回头看那车。那车似在等她，敞着车门，好长时间也不发动。真的是专门等她。到底坐不坐？坐？不坐？还是坐吧，机会只此一次，也只坐这一次。然后自己把自己说服了，于是往回走，走了有20米，将到车门的时候，车门却慢慢关上了。车门早不关晚不关，偏偏这个时候关，似在拒绝，似在告诫，她也似有所悟，一咬牙，一跺脚，转身，走！

就这样重新活过来。

路边有一家小饭馆，叫作荣盛大酒店。我们就在这里吃饭。我们到时已近晚八点，后边的人也陆续到了，在这里与先到的汇合。他们有的已经等候多时了，有的刚刚吃过。田鹏、韩小玉和郭红霞，吃过之后，到前边探路去了。不大的房间里，卸下来一堆行囊与斗笠。这些行囊与斗笠证明着这一队人的性质。饭店里的人眼睛里满是新鲜。

在这里意外地见到了孔祥新，她已经恢复到原来的状态。得知，孔祥新坐车到平山之后，在敬业宾馆歇息到能走，然后就顺着原路朝回走，依然是背着行囊，拄着拄杖，戴着斗笠，所有的东西一样不少。这是标志，也是标准，她争取不走样。她要把坐车的路找回来，把无可奈何的遗憾补上。虽然这也许是不可能的，但是她必须这样做。这是一种忠诚，而忠诚是高品质，而高品质是做人的根本。她走出了好多的汗和好多的疼痛，然而一直奋力朝回走。终于远远地看到了手持拄杖头戴斗笠的人，那是小玉和乔俊荣。小玉和乔俊荣也看到了前边那个朝回走的人，他们不相信那是孔祥新。但不是她又能是谁？近了，近了，果然是她！当时双方都非常惊喜，有点像长征会师的感觉。就这样，孔祥新以全新的姿态重新回到了队伍中。

依旧是面条，只是多出几碟子凉菜，有茶水喝。王铁亮招呼着吃饭，话音一直响亮。在他身上看不出有任何的疲劳感，虽然他不在最前边。他不在最前边的意思是，好像他把最前边让给了几位年轻人。

后来的人们快要吃完饭的时候，琳琳坐在板凳上，接妈妈打来的电话。琳琳喊了一声“妈”，随后声泪俱下，哭着诉说：“妈，我脚疼。妈，我走不动了……”妈妈可能是在鼓励、安慰，也可能在陪着掉泪。打完电话，满脸是泪的琳琳，一扭脸马上冲大家笑起来，笑得“咯咯”响。铁亮说：“琳琳，哪有你这样的，专给妈妈哭，为的让她担心啊？”

琳琳的哭也真，笑也真。一路走来，坚强如甲胄，却把女孩子的细密娇柔紧紧裹在内心深处。此一刻，妈妈触动的恰是她内心深处的最柔软处，而一转脸，又回到了众人中间，她的角色感里没有柔软，她要显示给大家的，是坚强和勇敢。

将近八点半上路。天已经黑了，是阴天吗？不然不会黑得这么早。天黑走路，不怕别的，怕的是大货车冲撞到黑暗中的这支队伍。这时，乔俊荣拿出一件橘红色上衣，上有宽宽的黄色条纹，能感光的那种。这是那位朝山师父送的，他真是细心，连走夜路都想到了。红衣服给李贵达穿上，由他断后。队伍走起来，汽车灯把他照成红黄反光体。

没有走多远，天更黑了，似乎是突然黑的。随后就有风，远处的雷声也响起来。伴着雷声，雨随即落下，只是稀稀落落。大家赶紧从行囊里找雨衣，赶紧穿。有人给照着手电。我没有穿很利索，觉得不会下多大。雨衣也不是大雨衣，塑料的那种，在行囊里已经皱成一团。但人人都穿上了，黑暗中，一片暗黄。

◎ 夜幕四合，天正谋划一场风雨

雨却密起来，随后是大风，远处的雷也一下子到了上空，接连炸开。一时霹雳惊天、风狂雨骤，树冠猛烈摇动，雨像鞭子那样横着抽打。雨衣像翅膀飞动，斗笠似要被风夺走。大货车依然呼啸着从身边驶过，汽车灯照到这支队伍，已经是亮亮的水湿。疾走，弯着腰，一手拽着雨衣或者斗笠，使劲朝树下靠，欲得到树的庇护，但树枝似要被风掀走。我们浑身全湿透了，鞋尤其沉重，鞋壳里全是水。老子说“飘风不终朝，骤雨不终日”，凡是狂，时间肯定不会长，我想也许很快就会停的。但是，老天却没有停下来的意思，反而越来越狂了。还是避一避雨吧，这时队伍已经断成两股，我在前面这股。我们朝右侧的一个有灯光的屋子急急踅过去，刚到门口，里面的灯却突然黑了。有几个人已经进了屋子，余下的几个即在屋檐下。这是一家小卖部，据说把老板娘吓坏了，以为遇到了剪径匪。

风雨之中，感到恐惧的还有王睿。

从一出发，王睿就错打了主意，他只带了一瓶水，天热他也不喝。中午之前，他带的那瓶水还几乎是满的，他只喝了一小口。他在努力控制自己，以为自己能行。从外面看王睿，王睿依然；从内心看王睿，王睿其实很纠结。他想走到前面去，他想保持自己的一份虚荣，他只是不声张。但恰恰是这种心态，导致他心力憔悴。中午吃饭的时候，他没胃口，先掰了我带去的一角饼，发现太干；吃面条的时候，面条又太咸，勉强吃了半碗。

饭后他走在前面，天太热，他看到郭红霞吐了。郭红霞是因为中午吃多了，一大碗面条她吃不下，但是又说为了惜福不能剩，只好强吃。刚过曲寨她就吐了，弯着身子吐在公路之外。此时的王睿感到头发懵，他想我是不是也要吐，但我可不能吐。到底没有吐，但是脸色不好看。他看不到自己脸色，是王秀杰说：“王睿，你脸色不正。”

那是到了一个状态，身心纠结，两败俱伤。

风雨来临之后，王睿突然有大恐惧，常识告诉他，雷雨天，在树下或者屋檐下停留是很危险的，但这些人恰恰都在树下行走。恐惧像毒蛇一样盘踞在王睿的内心，使他有紧缩感。但是，他又想，自己没有做过坏事，不可能遭天谴。这样想着，心情舒缓下来。因此他第一个进的小卖部。他一条腿刚迈进门槛，那灯“啪”就灭了，屋里一团漆黑。老板娘真的吓坏了，王睿也同样恐惧。

一会儿雨停了，雷声也归回沉闷，风也小了。在后面另一处避雨的人也过来了，彼此呼喊着，走到一处，重新合为一股。沿着公路右侧走，地面枝叶狼藉，时有断下来的碗口粗树杈，人们看着，侥幸去避雨了，不然说不定会被它们砸到头。

到平山敬业宾馆已经是夜间11点。宾馆真是好，还能洗热水澡。田鹏、韩小玉、郭红霞早到，下雨的时候他们没有避雨，而是一直冒雨前行。

有好多人脚上起泡了，带来的针头派上了用场。田鹏、乔俊荣、韩小玉等人给这个抽了给那个抽。邓一鸣和王睿也起了泡，田鹏告诉他们：“等着，我去拿针头。”田鹏去拿针头，身子挨到床铺上，趴下就睡着了。第二天早上，他才醒来。

第一天就这样过来了，一半是火焰，一半是风雨。无论火焰还是风雨，没在别处，都在每个人的心里。

曾有僧问洞山良价禅师：“寒暑到来，如何回避?”禅师反问：“何不向无寒无暑处去?”僧问：“哪里是无寒暑处?”禅师说：“寒时寒杀你，热时热杀你！”

其实，僧的后一问已经错了，禅师已经告诉去处了，他还问，因此寒暑难消。

云在青天水在瓶

也许田鹏对了，人们说的趁早晚凉快时走只是理论上的，真的走累了躺下之后睡若死狗，一睁眼即已艳阳高照了。出发时已经将近9点，最好的时光送给了宾馆，亮亮的太阳异常热情，早就等在路上。

队伍从宾馆出来，很快便淹没在大街上的汽车丛中。前边的人在等后边的人，斗笠在闪动。阳光极好，已经显露出热的端倪，很快会大热。昨日的风雨并没有把暑气消解，有了一定湿度之后反而更加闷热。昨晚有的人把湿衣服洗了，即便没洗也是湿的，特别是鞋。于是有一些衣服和鞋挂在了背包之外，让太阳晒。

好多人脚上起泡了，是在昨天，风雨之前、风雨之后或者风雨之中。起泡时有的人知道，有的人不知道。不管知道不知道，泡已经在了。泡数量有多有少，少的一两个，多的四五个，再多的八九个。李大龙最多，崔春会第二。

我的脚上也有两个泡，右脚第四脚指头和小脚指头上，均在一侧，没有感觉，在没有感觉时已经破裂，破裂后依然没有感觉，不妨碍走路。从始至终没有起泡的只有郭红霞一个，她是在行完脚回来之后，双脚突然起了泡，她说这时候才知道诸位起泡者的不易。

小玉和郭红霞走得特轻松，乔俊荣与李贵达也走得特轻松，他

◎ 纵湖海亦能饮尽

◎ 行者的着装秀

们在引领着这支队伍。小玉穿上一件粉红色的上衣，有着牵牛花那样的鲜艳。郭红霞着软软的白色上衣，白衣上却有着几可忽略的碎小红花，虽可忽略，却使白衣不再是白衣，而多出了轻柔与俏丽；且敞着，露出蓝色的汗衫。她两个都用纱巾罩住脸，只露着两只眼睛，郭红霞用蓝色纱巾，小玉用绛色纱巾，再配上金色斗笠，使她俩有几分像修女，有几分像天女，有几分像阿拉伯女。

韩小玉能在前边走，是大家想不到的，她自己也想不到。近来，她身体不大好，作为女人，这几天她也正不舒服。她有点不想来，因为自己是公司的老员工，该处处作则才是；即便不能作则，也不能拖后腿。身体不给做主，来，也许不如不来。但是她还是来了，因为她有了一个来的理由。这个理由不是她自己找的，而是妈妈给的——她的生日在8月8日。按照行脚计划，8月8日这天走到五台山，如果能把五台行脚作为一个生日礼物送给自己，不也挺好？

再有一个理由，就是妈妈。韩小玉的家在元氏山区，妈妈一直身体不太好，多年痨病，已经有了三个女孩一个男孩，年龄也到了四十岁，不该再来一个小玉。但是有人劝妈妈，说生个孩子把病往外带带，于是才生了她。她生来是有使命的，是为妈妈脱离病苦的。苦在她身上，所以从生下来她就哭——白天哭，晚上也哭；白天小哭，晚上大哭。妈妈没奶水，她只能喝小米粥。村里的墙上、树上经常贴一张纸，上面写着“天皇皇，地皇皇，我家有个夜哭郎”。那是她家贴的。近年，妈妈的身体好了，但还是弱。如果通过行脚到五台山，借了文殊菩萨的力量，让妈妈的身体健壮起来，岂不是好？

还有一个理由，那就是韩小玉近来怀疑自己得了失忆症，有一种把自己弄丢了的感觉。比如昨天的事，突然就想不起来了。一天这样，两天这样，好几天这样，就让人生恐惧。这个问题，也许在行脚路上能找到答案。

◎ 巾帼不让须眉

有了这三个理由，她就没有不来的理由了。决定来了，肚子开始疼，因此行前预备会没能参加，也不知第二天能否成行。这天下午躺了半天，一直想着行脚的事，一直念《大悲咒》。郭红霞打电话问她，她也不敢说没问题，只能说明天再说。

出发之后，到了西二环，脚就起泡了，肚子又开始疼，浑身虚汗。这个时候退下来最好，知难而退也算识时务。但是，还是没有退，也说不清原因，内心深处还是有一股力量。头一天肚子疼，脚不疼。第二天肚子不疼了，脚开始疼。转移的方法就是念文殊菩萨名号，一直念，一直念。就在菩萨名号中她的心开始静下来。心静了，脚也不疼了，走得特快，一点也没感觉到累。晚上卸下来，杂念多了，脚就开始疼。从第三天开始，开始收摄心，一心念圣号，精力集中，集中到圣号上，慢慢把自己忘了，自己在自己的境界里。

郭红霞走得快，缘于她心灵上的单纯和年龄上的沉静。21岁的女孩就应该像她这样。来之前，她看过中央电视台钱文忠讲的《大唐西域记》，唐玄奘的英勇与笃定，唐玄奘的精诚与恭敬，深深感动了她。此次行脚，她自然联想到唐玄奘，虽然路程不及西天遥远，但她愿意借此机会学一学唐玄奘的精神。她走，用的是心；或者心也不用，只是走，身体及双脚或可像蝴蝶那样翩然无碍。

乔俊荣与李贵达是一对好友，他俩是广宗老乡，是中学同学。他俩一直有着紧密的联系。先是乔俊荣到了石家庄，后是李贵达到了石家庄。乔俊荣到了田鹏的公司，觉得好，于是李贵达也来了，他跟着乔俊荣参加了一次活动，紧接着就来行脚。

乔俊荣走得快，因为他轻灵，不仅身体轻灵而且精神轻灵。今年他将有喜事降临，他与对象已经定好，年底前结婚。以此喜事做背景，行脚自然带有喜气。他也愿意将此次行脚作为献给新娘的一个特殊礼物。相信文殊菩萨的智慧之光也将照亮他们的纯贞之爱，从而“乐只君子，福履成之”。再是此次行脚，他有秘密武器，他在行走之间，会时不时地看一眼手机，那里除了对象发来的短信之外，还有另外一个女人发来的短信，正是这短信给予了他极大的力量。对着这殷切的期待和关注，他必须有担当。在东回舍桥头，有乔俊荣的一张相片：背上一个行囊，胸前一个行囊，长长的拄杖横在肩上，双眉微皱，眼镜后面双眼透出坚毅，嘴角微微下弯，似有万夫不当之勇。他背的是谁的行囊呢?

李贵达脚上已经起泡了，但是他依然走得快。他没有理睬那些泡，一开始也想着退让一下，脚一屈，却差点扭了。于是他不再理睬，就当那泡没在自己脚上。这样一想，果然就不疼了。看来这脚也有点欺软怕硬。从此他只管走，也不管有泡没泡，也不管泡多泡少，他只记得走路——用心走，脚只是工具。去五台山，是他今生的第

© 安住当下

一次，心里有着很深的向往。人生，会遇到好多好多的阻碍和好多的不如意，这些阻碍和不如意靠什么解决？靠什么也解决不好，除了智慧。他到五台山取的是般若之宝，由此他兴致勃勃。

本来李大龙是走在最前面的，但今天的他，已经“无可奈何花落去”。

昨天晚饭前大龙就已经起泡了，因此田鹏才替他到前边探路。田鹏说，再让他在前边，就把他毁了。

大龙有苦难言。这是规律：你不是想显耀吗，就会遭报应。别看平时你绑着沙袋子走路都没问题，这次没有沙袋子照样出问题。问题不在有没有沙袋子，而在于这是两件事。平时那是锻炼，关乎身体；这次是行脚，关乎心灵。身不平有沙袋子调整，心不平也自会有一种力量来归纳。身体上的状态容易察觉，心内的情形却比较隐秘。心是一层层包裹着的，不到关键时刻里头的东西根本不显露。大龙虚荣吗？看不出来。显耀吗？他自己也没感觉到。但内心深处的东西却让脚给暴露了，且是暴露无遗。早晨在宾馆大厅，大龙自嘲，说右脚上的泡如北斗七星状。他口气轻松，说得大家都笑，但其内心定然深埋郁闷。

但问题还不在这里——别人脚上的泡是几个即是几个，剩下的事情就是把这几个泡走好，而他呢，“北斗七星”不过是刚刚开始，他脚上的泡还在层出不穷。

大龙有大龙的走法，他是跳着走——大步跳，用拄杖撑着；或者小跑——快速跑上一段，然后咧着嘴停下来，歇一下再跑。像是故作轻松，也不是故作轻松，是因为这样子反倒轻松些。反正是疼，慢慢走，脚使劲压在地上，似乎更疼；跳起来、跑起来之后，疼虽剧烈，但次数少。他仍在较量，身与心在较量，所有的轻松都是做给人看的。如他后来总结时所说：“我是死要面子活受罪。”

他是个不甘失败的人，他的聪明也不允许自己失败。多年来，他也从来没有失败过，或者说无论多失败最后的胜利者总是他。他个子小，学历低，模样丑，且是村娃，他要是甘心失败，就会一败涂地，因为他没有优长。正是因为没有有形的优长，他才在无形的优长方面努力——他的优长全在心灵上。

从12岁开始，他就像个大人一样干活了，开床子、办面粉厂、弹棉花、收棉花，后来学拉面，15岁就走出邢台临西老家到石家庄来闯天下。从面条开始进入烹饪，先是拉面，然后烙大饼、炸油条，再后来上大厨，掌勺炒菜。地方也不断地换，小吃摊、学校食堂、政府招待处食堂、大学食堂等，再后来即是酒店、饭店，大酒店、大饭店。在大学食堂，他一天能烙一吨面的大饼，一吨面是个什么概念？他烙的大饼特好吃，既松软且香泛，他窗口那儿总排着长队。不会炸油条，现学，4天学会，一早晨炸800斤面。一做就比别人的好。他是用心做，在别人那里是技术，在他这里是生命。就因为喜欢，他恭敬这件事：吃的东西是养人的命的，不敢随便应付。正因为用心，所以一看就会，一尝便知。没有经师，却比经师的绝妙，什么都敢干，包括鲍鱼汁都是自己调，味道有异美。什么川菜、湘菜、鲁菜、粤菜，或者河北某个地方的菜，到那里吃一顿，顺便把菜谱看过，回来就可以直接开饭店了。如今他是烹饪大腕儿，所以他骄傲点也是允许的。但是有人不允许。谁呢？菩萨。菩萨是有求必应的，你既然来朝山，向上之心已立，菩萨就会提着你的身体来够你的心。

田鹏不时在发微信，大龙的爱人尹建双看到了大龙艰难行走的照片，跟帖子说：“可爱的龙哥断后呢！”这句话里，透着尹建双无限的关心。随即她给大龙打电话来，问：“怎么回事？”李大龙说：“脚起泡了。”

在东回舍镇杜家饭店，王铁亮用针头把大龙脚上泡里的黄水抽出来，抽了满满一针管，像水枪那样射到地上，地面竟然像硫酸那样直冒泡。铁亮说："看这毒！"大龙诧异，没想到身体里竟然有这么多毒，以前还献过血呢，真不知道那些血有没有毒。

崔春会也在后面。

崔春会是平山人，家在平山县城，距敬业宾馆不远。陈伟的行囊太重，需要卸下一些，崔春会就带着陈伟去了。田鹏把崔春会的包也带在身上，身后背一个，身前抱一个，但他依然从容。我们边走边等，但总也见不到他们的影子，直到走过冶河大桥，走出县城，崔春会他们才赶上来。此时的崔春会已经不是昨天的他：昨天他是奉命在后面压阵；今天他已经成了折翅的雁，走起路来疼得浑身冒汗，不想在后也得在后了。其实他脚上的泡，即与断后有关：心在前头，身在后头，身心分离，脚上的泡便像朵朵梅花开在分离处。

昨天，下雨之前，脚就有了不舒服的感觉，他知道要起泡。经雨之后，泡已经满了，两只脚火辣辣地疼。似乎它们已经不是脚了，而是让自己"哎哟"的一个开关。但他一直没有喊叫，却也一直在心里喊叫。

刚才他回到家，父亲对他说："不行就别走了。"他能不走吗？真的不走了，父母会怎么看？从一开始，父亲就一直关注着他，一天给他打三个电话。父母的爱，无论怎么表达都是爱。爱的力量最大。因此他必须走，只是双脚太疼了，有点不敢挨地，只能用脚后跟走，双脚翘着，有点像小脚老太太。

走在后面的还有陈伟、程通。

陈伟的脚昨天就起泡了，走在雨里的时候，脚上的泡"噗"地爆了一个。那时身边走着大龙。他说："龙哥，我起泡了。"大龙说："我起了一大堆，没事。"程通也起泡了，只是他的泡没有爆——没有爆才是泡，爆了就不是泡了，是疼痛。

这才是第二天，后面的路怎么走？好像这么想了，但也没有细想；如果细想，肯定就走不下来了。出了平山县城，走到一个小卖部，小老板看到了陈伟、程通他俩和崔春会。当时的样子肯定如溃退的伤兵，有着无尽的艰难，不然小老板不会喊他们。小老板把他们喊住，拿了三瓶水，送给他们。若在平时，这三瓶子水不算什么，但在此时，这三个人却生起很深的感动，但也不知怎么表达，只是感谢，但"感谢"这词显得太轻，太浮泛。他们把水接过来，有了这水，就没有了后退的念头。小老板问："能走过去吗？"三个人点头，说："能，没问题。"小老板说："一路好运！相信你们一定能成功！"

别人的相信，会激发自己的自信。再上路时，似乎多出好些力量。

走呀走，崔春会陪着他们。但崔春会有时会走到前边去，然后再等他们；等上他们，然后再走到前边去。

路上，一位司机把车停下，问陈伟和程通："你们去哪？我拉上你们吧？"他们谢绝了。又有一位司机，迎面过来，已经把车开过去了，又返回来，说："我送你俩赶上前面的队伍吧？"他们也没有答应。前后两次，是诱惑，更是安慰。安慰给人力量。正因为你做的这件事好，才有人这样关心你，这样支持你。

走呀走，前边的队伍早已连个影子也见不到了，只有崔春会，一会儿在前边，一会儿在后边。崔春会只是脚疼，心里依然阳光，艰难中仍有从容伴随。程通是第一次接触到这样的与心灵有关的事情，他感到很好，因此他感激陈伟——是陈伟这位发小喊他来的。关键时候，陈伟不忘朋友，多年来，他俩总在一起。他是陈伟的影子，陈伟是他的影子。因此，陈伟走在后面，程通就走在后面；若陈伟走在前面，程通肯定也走在前面——他是陪着陈伟走。他们俩互为拄杖，你扶助我，我扶助你；你激励我，我激励你。

走呀走……对五台山没有概念，五台山到底在哪里呢？多会儿能走到？陈伟开始摆弄手机，从手机上的导航搜索去五台山的路线。陈伟其实就是从这时心力涣散的，心力一涣散，身力就乏了，结果他犯了低血糖，眼前发黑，几次几乎栽倒。他下死力支撑着，到有阴凉儿的地方歇歇，再走；歇歇，再走。

前面的人已经在东回舍吃完午饭了，他们却还在半途。郭红霞来接了。郭红霞回接了六里地。在他们三个人眼里，红霞如同天人。程通看到路边有一只空瓶子，是盛冰红茶的，就问郭红霞："镇上有冰红茶吗？"郭红霞说："有。"问："有冰镇的吗？"答："有。"程通一下子就来了劲，蹚开步子直奔东回舍去了。

有了郭红霞接应，崔春会突然走得特轻松，其实这是他的心放松了。明勇法师说的，心一定不能紧，心紧身就紧了。小崔这里体会最深。自此之后，崔春会懂得了放松，饭后他走得特好，到了岗南，他脚上的八个泡只剩下两个，都走平了，已经无大碍了。他自己把自己解放了。

到了饭店，田鹏迎出来。见了陈伟，他问："还能再慢点不？"

这个责怪其实也有疼爱在里头，陈伟却感到委屈，回了一句："我都低血糖了！"他的口气里甚至有愤怒。他心想，我已经努力到这份了，怎么还这样说我？

吃过饭，田鹏递给陈伟一包冰糖，说："你们可以再休息会儿。"

陈伟与程通却不休息，背起背包出了饭店门。走上公路之后，程通悄悄对陈伟说："咱们跟着他们走试试！"

在杜家饭店，田鹏、王铁亮等人等着后来的人，田鹏让乔俊荣、贵达、小玉等人先行：“在前边找个可休息的地方，好好歇歇再走。”随即我和邓一鸣、王睿、刘见心四个人，去赶乔俊荣他们。走出东回舍，又走了好久，仍不见前边的人影。这时见左侧有一排平房，房前很干净，且有阴凉儿。王睿、见心想在此歇息。邓一鸣欲继续前行，追上先头部队，那些人肯定在树荫下呢，树荫应该更好些。我也是这个意思，但见心已经转向屋檐，我舍不下他那片毡子，于是也随了过来。我以为邓一鸣也会跟过来，但他不，毅然决然走下去了。望着他一个人在阳光下踽踽独行的样子，觉着他真有几分像夸父。

屋檐下，我们歇下。

与此屋檐平行向东，隔着一个过道，是一家小卖部，外面有一个晾衣绳，已经晾着小孩子的尿布和小衣物，不过大部分还空着。这晾衣绳也让人生欢喜，王睿和见心都有衣服需要晒。正好一个年轻男子把尿布等收回去了，于是见心、王睿把湿衣服晒过去。一会儿男主人又出来，孩子又尿了。他把孩子的尿布搭上，努力把见心他们的湿衣服往两边挪，生怕把尿布弄脏似的。

随后田鹏、大龙、王铁亮、琳琳、郭红霞、王秀杰、崔春会、陈伟、程通等人来了，好多人都喜欢那晾衣绳，也去晒衣服。大家在屋檐下躺倒一片。刘见心、大龙、王睿索性把上衣脱了，当起赤膊罗汉。

天太热了。昨日阳光在污浊里，似乎不太强烈，只是闷；今天太阳在晴明里，天空无遮挡，天地如炙炉，人若在鏊子上烤。禅师说的无寒暑处到底在哪里？只能是热杀。

若想不热杀，只能借助这片阴凉儿。在这里，我们歇到了四点半，天气的热度似乎疲软了些，我们才动身。

屋檐下的照片发到微信上，有人问："佛陀行脚时也是这样吗？"

田鹏借这句话来问我，我说："佛陀行脚时，我们在佛陀心里；我们行脚时，佛陀在我们心里。"田鹏说："我就这样回他们。"

李大龙依然在跳跃着走；田鹏从容依旧；王秀杰已经没了昨天的犹疑，她步履坚定，走在自己的真切里；王睿戴着墨镜，纱巾遮脸，若再加上一袭斗篷，俨然侠客；刘见心也从昨日的窘态中脱出，抖擞起了精神。我依然如旧，没有大变化，即便昨日风雨中，或酷暑中，心态也没有大的起伏。不是因为沉稳，而是因为老，有曾经沧海之意。我一直是个怯弱者，从来不敢在风口浪尖上靠，危险来时，只当是天塌，完全束手无策，束手无策其实也是一种策。我一生中所有的幸运都是因麻木得来。我不能适应环境，没有适应环境的能量和巧变，只能让环境来适应我。环境当然不是我家养的猫儿，那么我就自己适应自己。自己一旦适应了自己，全世界就归来。所以我从来不敢嘲笑阿Q，因为阿Q有他自己的世界。我与阿Q的区别就在于他没有阿Q的自觉，而我有。我只有退，退到自己这里，然后自己跟自己开战，哪怕血流到漂杵，也都是自己的。

这十几个人，一开始还在一起走，走过温塘高速口，或三或两或一，人就又各归各位了。这样分散着走，更静，更能持守自心。

铁亮与琳琳两个人扯着一根拄杖，铁亮在前，琳琳在后，有节奏地走。可以说是铁亮在拉着琳琳，也可以说是琳琳在推着铁亮，或者更准确地说是两个人借着一根杆叫齐了号走。琳琳的斗笠不见了，她换上了一顶别致的老油绿布帽，一圈的圆遮檐，状如土星，但耳后有垂着的护罩，遮阳又扇风；上衣也换成了军绿色，一下子有了军人的飒爽。琳琳叫铁亮“叔叔”。铁亮也真是叔叔，铁亮的女儿仅比琳琳小两岁。他像只大鸟护着小雏，护着且哄着。他讲故事给琳琳听，琳琳唱歌给他听，间或照一两张相。或者由铁亮发一个令，说“静下来走”，于是两个人静下来，默默念佛，默默走。行止一致，不是一致，是保持一致。

也是该他俩走在一起，他俩的姿势也毫无二致，都是拉着腿，一晃一晃地走。原来琳琳的大腿起了痱子，而且磨破了。王铁亮呢，不但大腿起了痱子，连屁股上也起了痱子。两个人是同病相怜，两腿不敢挨着，只能这样裂开着走。

难受极了，琳琳问铁亮：“叔叔，你说我还活不？”

铁亮说：“活吧，走吧！”

琳琳的话有诉述功能，表达自己的艰难程度，表达完就能减轻，像减压阀那样。

铁亮的话有托举作用，千钧重的东西，于顺势中轻轻反转，只手便可轻抄。

拐进通向西柏坡的路之后，道路进入丘陵地带，两边的树多起来，丘陵上也多是树或者庄稼，树的影子长长地铺在地上，天渐渐缓和下来。

来来往往有车，但大车少了，多是小轿车。由于有了高速，这里变得僻静。

风景开始好看，郭红霞、李大龙、崔春会、王秀杰在坡上休息，我们追上他们也休息。李大龙跳跃得还很快，但他是在咬牙撑着。休息的时候，他把上衣脱光，握着根拄杖，有几分像少林寺武僧。郭红霞依然秀丽、从容，她是因为在东回舍回接陈伟与程通才落在后面的，不然的话她还会跟小玉等人在最前头。王秀杰坐在土坡上，背后是野花，此时的她依然不忘仪容上的端庄，从衣袋里掏出小梳子梳理稍微散乱的头发，那种庄重、仔细与闲舒，似乎是在梳妆台前。王睿也是个有条理的人，他把一方红头巾缠在头上，也是端正了再端正。田鹏在照相，这么一张那么一张。应该说，田鹏活得简单，因此他容易有情绪，但他的情绪也从来不是情绪，而是内心的即时晴雨，一眼能让人窥到底，就如照相机，感光即成形，中间不需要转换。因此，在他身上依然能找到童真童趣，也正是这童真童趣使得他活力四溅。

休息过之后，郭红霞、崔春会还有田鹏，很快就走到前边去了。他们来到岗南大桥的时候，夕阳正好。桥下是很大的水面，两侧风光无限。树的倒影、大坝的倒影、水面上鸭子的倒影、夕阳的倒影……水上一个世界，水下一个世界，两个世界却也是同一个世界。

先头部队已经到达，乔俊荣回来接应，在大桥上与田鹏等人相会。

在霍宾台，我看到王秀杰，她一个人在走。她走得不是很快，但很稳。从今天开始，她已经找到了自己；找到之后，就独自守着自己，默默念着佛号，走在她自己的境界里。她已经为昨日的犹疑而羞愧，羞愧却也庆幸，幸亏没有上车——若是上了车，会没脸见人；不是没脸见人，是无颜面对自己。

由此我猜想到王秀杰在平日，定也是这样的一个人：平和安定，少是非，多建树，能独立，有主见；在自己的主见里，进也进得，退也退得。

因是下午，为了避炎热，她走在左侧的树荫里。大道向前，左侧

◎ 水光潋滟晴方好

突然多出一条岔道，通向西北，王秀杰自然随着拐了上去。我觉得还是应该沿着主道走，于是就喊应了她，告诉她回归主道。她照办了。其实到后来知道，她那样走，也能走到。这天我们住的是华洋宾馆，若是从她那面走，说不定距华洋宾馆最近。错的，有时恰是对的。

这霍宾台，却也该是名村，因为张果老即是这个村的，成道之后隐居在恒州栖霞观。如今霍宾台附近有驴山，山上有天然无量寿佛，有张果老祠、张果老观棋处、张果老揽驴石窝、张果老石屋、张果老井、张果老饮驴坑、张果老支锅石等。张果老著名，张果老的毛驴也著名。为什么著名？因为倒骑毛驴。毛驴前行，等于张果老后退。你前进，我后退；你知明，我知昧。你觉得那里亮，我觉得那里黑；光明处不在这里，而是另有他处。张果老的方向，是一切修行人的方向，不跟着众生一块颠倒，而是回头向着彼岸。

在常人眼里，张果老是错的，结果他是对的。

过了霍宾台，即离岗南镇不远了，两边的水多起来，右侧有一大片水，养着好多鸭子。路边有招牌：野生鸭蛋。再往前走，即是大桥，前面的人都从上面走过。大桥下是水，有水草在岸边，有树在水草边。此时夕阳已压山，若张果老在，该骑着毛驴回村了。过了大桥，即是岗南水库。这里原来并没有水库，是20世纪50年代末，国家大兴水利，在这里拦河筑坝，才有水库。水库淹了好几个村庄，其中就有西柏坡村。如今我们见到的西柏坡，是那时移到岸上的。

临过大桥，一辆出租车停下来，一位30多岁的女司机摇下车窗玻璃，问明了情况，挑起大拇指说：“太了不起了，我有时间也走。”我说：“干脆加入我们队伍，走吧。”“现在没有时间，还得拉客人。待我有了时间，也走。”她是顺向走，一会儿回来，车上已经拉了客人。路过我们时，她按响喇叭，向我们挥手致意。

已经望到大坝了，像山一样高，像城墙一样雄奇。大坝把天空挡住了，只剩下半个。如今大坝里面是水，大坝外面也是水，天上的云其实也是水，我们手上的瓶子里也装着水。这众多的水，是一个还是多个？

唐朝朗州刺史李翱，到药山参谒惟俨禅师。李翱问什么是道，惟俨禅师伸出手指，上面指了指，下面指了指。李翱不解其意。禅师说：“云在青天水在瓶。”李翱看着地上那只净水瓶，疑冰顿泮。回去作诗曰：

练得身形似鹤形，千株松下两函经。
我来问道无余说，云在青天水在瓶。

如今我们也是，前头的人在前头，后头的人在后头，我们的队伍在哪里？

事后有人问我：“有人掉队没有？”

我说：“没有。”

“怎么会没有？”

“因为谁也没在队伍之外。”

王铁亮与琳琳在我们后面，有一辆轿车从他俩身边开过去，突然停住。开车的是一个男人。男人问他们到哪里，问过之后就开走了。王铁亮与琳琳也没在意，依然走自己的，且也累了，于是躲到树下休息。

那个男人却是有心人，他把车开到卖水的地方，买了两瓶冰镇矿泉水，然后往回开。他要把水送给王铁亮和琳琳。却找不见。这轿车在公路上来回调头，找了好几遭，才找到他们。

铁亮与琳琳把水接过来，心里一阵激动，没法拒绝，也没法感谢。待那车驶远，王铁亮对琳琳说：“你看见了吗，这就是菩萨。”

有了这瓶水，就有了力量。这不是水的力量，而是善的力量。世界因为善而有意义。将到岗南镇，水多起来，道路两边青山如黛。大坝也如黛。大坝里那一汪水，如今是夕阳吗？

铁亮说：“琳琳，这一天是你支持我。”

琳琳说：“是铁亮叔拉着我。”

铁亮说：“是菩萨支持我们。”

进了岗南镇，王睿落下了我们，直接向着大坝走了。我和见心走到十字路口时，已经不见了王睿的身影。大坝正在融入夜色。所有的人都上坝了吗？坝上有旅馆吗？十字路口西南角有一家白楼宾馆，看样子很好，为什么不住这里？很快知道是去华洋宾馆，若去华洋，该在十字路口左转，但我们不知，于是问东北角一个女摊主，见到我们这样装束的人吗？她说，有个人已经上坝走了。我们想，那应该是王睿。于是我们直行上坝。

走了一段，就听十字路口有人喊，原来是铁亮、琳琳与大龙一行上来了。他们说，他们已经打过电话了，应该向左拐。喊声也把王睿喊出来，原来他还没有上坝。临近上坝有一家小店，店前是一水沟，水沟上铺着一扇老门板：老黑漆、大铆钉，古朴憨厚。王睿本然喜欢，就走了过去。他在店里买了一瓶水，这时听到有人喊。

我们等王睿下来，正好遇到白楼宾馆的老板，很热情地跟我们说话，让我们到他开的土特产店去看，让我们有事找他。我们出了土特产店，铁亮、琳琳跟大龙等已经拐弯走了，只剩下了我们三个。

从十字路口向西，天已经昏黑，两边是楼房。不想楼上有人看着我们，就听南面四楼上的一个老者问：“吃饭吗？有饭！”不是饭店，而是一户住家，他是真心召唤。我们回答：“不用，谢谢！”这一问一答，有着无限的温暖。这才是人与人之间应有的关系。

西行到将要出镇，然后拐进左边的一个胡同，有一家派出所。过了派出所，前面大门里走出一位妇女，我们向她问路，她说不知道有个华洋宾馆。以为是走错了，王睿给田鹏打电话，田鹏说没错，一直走就是了。再前边已经是菜地了，已经感到了宽阔，且朦胧中还有一片片的树。突然想到臧克家的诗“夜色还没有溶尽归鸦的翅膀”，待夜色像乌鸦的翅膀那样黑了，才是真黑。不见归鸦——我们自己是归鸦。

进了华洋宾馆，听说邓一鸣在发烧，听得我心里一愣，把行囊卸下，赶紧去看他。他正在床上躺着，脸红红的，果然在发烧。

午饭后，先头部队休息的地方其实距我们休息的地方才100多米，是在一片树林里。他们在那个地方歇息到3点就出发了。天热，年轻人走得又快，邓一鸣紧紧跟着，直到跟不上了，还在跟。他不愿落下来，不知后边的人在哪，前边又不认识路，只能瞄着前边的人走。就这样他把节奏打乱了，大腿内侧也严重磨破了。一路上不知喝了多少瓶子水，自己像是从水里捞出来一样。将到水库，大家都在欣赏风景，他却无心。两条腿似有千钧重，挪动半步都很难，只能前脚的脚后跟与后脚的脚尖这样相错，努力错，也就错过半步，或三分之一步。好不容易到了岗南镇，乔俊荣等人去联系宾馆。白楼宾馆就在左近，如果是白楼宾馆，邓一鸣还能坚持到。结果白楼宾馆客满。白楼宾馆哪怕天天客满都不要紧，但今天客满却让这一队人的心紧张，邓一鸣尤其紧张。但他也看到了乔俊荣等人的辛苦，跑来跑去，到处打听、联系。他只能在后面跟着、看着、等着。后来联系上了华洋宾馆，偌大一个岗南镇，大点的宾馆只有白楼与华洋。华洋就华洋，但不知华洋这样远，如若西天之遥。邓一鸣没有想到自己居然能走到。到了宾馆大厅，迎着门的是一排沙发，乔俊荣他们在登记，邓一鸣一下子瘫到沙发上，不能动了。登记好房间之后，不能动也得动，他硬撑着挪到房间，报复似地开空调放冷气；还嫌不够，歇息到能动之后，又洗了个冷水澡。很快，他就发烧了。

但他精神还好，脸上泛着笑，也不多说话。好多情况是在事后问到他的时候才知道的。

华洋宾馆管住不管吃，大家还必须回到十字路口那儿去吃饭，那儿是岗南镇的繁华所在，也只有那里才有饭。邓一鸣不去，他说他不想吃。他让我们去，不让担心他。他用笑容来消弭我们对他的担心。我们只好把他丢下，一帮人去十字路口。在路上，一直惦记着邓一鸣，担心他明天还能不能走，愿他能很快好起来。

在十字路口东北边的一家小饭店，我们挤了满满一屋子。大家的腿累，但胃口还是好的，不管凉菜热菜上来就光了，馒头也吃了好几盘子，疙瘩汤三盆。只是刘见心没胃口，吃了个馒头就离开了，他说他先回去。我们也不管他，依然在吞食。

心里满是躁火的见心，出了饭店门没有回宾馆，而是到对面去买冰糕。他热也想着别人热，于是买了好多。他捧着冰糕站在十字路口，正犹豫着送到饭店去还是回宾馆，这时一辆车停在他的面前问路，问的恰是华洋宾馆。他指了方向，然后想到自己也是回宾馆，吃饭的路已经不算行程，他搭车应该可以，于是说了一句“我给带路可以吗”。车窗摇下来，里头的人伸出头，两人同时“哎呀”一声。

原来是徐崇智赶来了。

退后，退后，看顽石动也

岗南镇就在岗南水库大坝的臂弯里，无论在哪个地方一抬头准能看到大坝高高的身影。华洋宾馆的右侧也是大坝。宾馆里没有早饭，昨天买来的方便面、烧饼等，大家随便吃了一些，就上路了。依然是谁准备好了谁动身，前头有两三拨人已经走了。我和见心，田鹏和李贵达，王睿和邓一鸣，随即走出宾馆。从第一天起，住宿的时候两个人一间屋，安排谁跟谁，以后没有特殊情况，就成为定式。因此出宾馆门的时候多是两两而行。

不用再走大门，从宾馆院子里直接向南再向西，沿着一条羊肠小道，穿过庄稼地，即可直接上坝。羊肠小道由乱草和碎石组成，路边有着各样菜花及野花，露水很重，几可把鞋子蹚湿。空气真好，天空真蓝，有鸟在天空飞。爬上宽阔的坝顶，此时是早晨六点半，视野开阔极了，左看是一望无垠的碧蓝色的水面，右看是矮下去的岗南镇。也许是因为俯瞰，感觉岗南镇不大，连昨晚的十字路口也看得分明。而华洋宾馆四周，则是水面与绿树及绿色稼禾，且有如纱晨雾缭绕，宛若仙境。向西北方向望去，水库彼岸，隐隐约约能见到一座塔，那就是革命圣地西柏坡了。

大坝先是向东，然后北折，转折处才是从岗南镇直接上坝的主路，

◎ 双脚即天涯

© 远山接天

昨天如果不住华洋，则就从这儿直接上坝了。原先到西柏坡去，这是必经之路，因此车水马龙。现在车却极少，只有几个晨练的人，简直有些荒凉。因为有了直通西柏坡的高速路，很少有车走这里了。只有大坝无言；只有东北方那两座高大的水闸还跟当年一样，巍峨矗立。

上坝之后，即遇到崔春会。有一段时间是我和田鹏、见心、崔春会、李贵达五个人在一起走。紧随着的是王睿与邓一鸣。邓一鸣能够走出来，就已经是胜利。在穿过羊肠小道时，绿荆丛中，王睿神情昂扬，邓一鸣紧随其后，感觉他已经没有了余力，他完全是靠意志支撑。后来他说，上坝时他的确很艰难，幸亏有王睿带动。王睿的带动其实是精神上的。

渐渐地，田鹏、李贵达、崔春会就到前边去了。很快，他们追上了琳琳。琳琳被山色所娱，高兴非常，见到田鹏等，几乎跳起来。昨天还考虑活不活呢，今天已这样活蹦乱跳。清净的大坝，像一个舞台，供这几个年轻人嬉戏：李贵达接连把斗笠抛向天空，旋转的斗笠像风筝那样飞扬；琳琳摆出各种造型，让田鹏照相，每一张都靓丽。下了大坝，路两边植被葱郁，路上靠两侧各站一队年轻人，身穿迷彩服，头戴军帽，帽上缀红星，似军人却绝不是军人，在一个人的指挥下，进行严格训练。田鹏、崔春会、琳琳等从队伍中间穿过，如同领导人检阅仪仗队。之后，他们过韩庄，有一只绛色牛犊来亲近琳琳，牛犊的天真把琳琳引得“咯咯”笑。然后他们追上了王秀杰，追上了徐崇智，超过他们之后，步履愈加轻快。不知是谁突发奇想，李贵达的右手与琳琳的右手同执一根拄杖，琳琳的左手与崔春会的左手也同执一根拄杖，三个人两根拄杖，连牵互引，步调整齐，走出来“沙沙”的声响。他们就这样走到前边去了。

我们下大坝后，路上的那支队伍还没散。但队伍已经归到右侧，

© 八步赶蟾功

左侧只剩下两三个喊口令的人。他们在高声朗诵经营理念，声如雷震。这定是某饭店或者某个服务业每天的必修课吧？我们从他们前面走过，他们目不斜视。我们走出老远，还能听到他们整齐的吼声。

到了韩庄，我和见心、王睿、邓一鸣在一家门口的旧石础上歇息。我们都为邓一鸣庆幸，看昨天晚上那样子，不信他有今天。结果他依然是他，只是他的眼睛明显大了，他的体重肯定减了。问及邓一鸣当前状况及昨晚发烧之事，邓一鸣说“不喜亦不惧”。只此五个字，就足以说明他的心灵境况。

路向着西柏坡，山也多起来，这一带当年是革命老区，好多中央直属机构分布在各村，当年的老房东，日后才知道自己家里住过的人原来是某某大官。大李庄是中央统战部的旧址所在，在将近大李庄的路边，有一加油站，我们在此休息。再走起来的时候，见心突然找到了用心走路的感觉，高兴极了。他高高地迈着大步，既轻松又快捷，说：“哎呀，真是太好了，用心走路，让脚歇着。”我们看着他走，像表演似的。但是，工夫不大，他又没有了状态，感觉更累了——心累。他真的用“心”走路了。

过了通向西柏坡的高速路，很快到苏家庄。我们须在此右拐，沿207省道向北，向着灵寿的五岳寨。路标显示：五岳寨，50公里。今天的目标，是走到五岳寨山脚下。我们已经走了这么远，结果还有50公里。

苏家庄今日大集，严重堵车，我们从车缝中穿过去。在穿车缝之前，见心落在了后头，已经看不到他的影子。我们只好先穿过密集的车辆，再等他。看到一个卖嘎啦果的，红红的果子摆在货车上，此时突然觉得了它们会有多好吃。那汁液，那甜美味道及咬噬它们的声音，都在心里想了一遍。但急着穿过，想着买却没有买。终于穿过了

© 飒爽英姿五尺杆

最密集的地方，来到一个小饭店的门口，一位老农坐在这里，手里拿着一把镰刀。这饭店叫平安饭店，他三儿子开的，他说他的儿子个个有买卖。他问我们：“没有谁强迫你们吧？”随后便又说：“为什么不坐车呢？没钱买票吗？”终于等到见心，天已近午。

过了苏家庄，大概是在石古洞或者吊里那一带，韩小玉与乔俊荣在最前边，走着走着，就见马路中间多了一只筐，有一个40多岁的男人站在马路上，对小玉和乔俊荣“咿咿呀呀”，连说带比画，是个哑巴。哑巴左指右指，小玉、乔俊荣也不明白。乔俊荣就说，他大概是不让我们在此休息，那就往前走。走到回头看不到哑巴的时候，又过来一个老人，背着一只筐。这位老人说，周围这山都是我家的，你们要到哪里去？到五台山不应该这么走，应该那么走。老人指着远处的山说，那么走可以少走100多里路。

到这时，小玉与乔俊荣也明白了哑巴的意思，哑巴也是在为他们指路。

两个人指的是同一个方向，但是，他们怎么知道我们要去五台山呢？

这两个人是不是菩萨示现来指路的呢？

但是路线已经定了，他俩不能随意改变，因此也便谢绝了老人，继续前行。但心里有疑问，莫非真的走错了？

这天晚上，小玉给男朋友打电话，说可能多走路了。男朋友告诉她：近路可能有，但肯定是小路，18个人，老的老，小的小，走小路不见得合适，大路安全、保险，应该多想大家才是。

男朋友的话，让小玉豁然。

韩小玉他们后面，即是徐崇智、郭红霞、王秀杰、孔祥新等人。

这是徐崇智的第一天。徐崇智是个能吃苦的人，也是个会创业的人。他从十几岁就走出黄骅老家那片大洼，到社会上做事了：修过路，做过餐饮，搞过房地产，现在在靠近传统文化，也很想为传统文化做一些事。在外边做成功之后，老家的事也等着他。他现在是老家那个村的村主任。都说手大捂不过天，但他却能捂住好几片地。

能做事的人不一定能走路。为什么？因为他有轿车，千里百里不用移动一步。但是，他是吃过苦的，也参加过几次以走路为主的养生禅修活动，有此基础，走路也就不成问题。也许正是以此自居，也许是依照他一鼓作气的做事经验，要不就是黄骅人的豪气使然，按他的意思高山大河几步即可跨过的。但他晚来两天。他以为我们已经走到驼梁，结果却在岗南，真使得英雄气短。他对田鹏说：“照这个走法，还不走半个月？”

走上大坝，看着波光粼粼的水面，我相信徐崇智心里很敞亮，双脚也很带劲。他忘了后面已经有了个李大龙，他跟大龙是多年朋友。应该走在最前面的李大龙，却走在了最后，深层原因大龙已经找到，那即是傲慢。徐崇智不一定傲慢，但理论上的东西落到地上，会受到考验，会发生变化。

行脚，与办企业一样，都是在真杀实砍中见分晓，一步都不能落在虚空里，都得落在实地上。人这时如蚂蚁，当心真的踏实下来像蚂蚁那样安分时，却能成就神仙般的事业。

徐崇智的脚打泡了。什么时候打的？过了苏家庄，还是过了石古洞？反正他的脚已经不舒服了，背上的行囊也感觉到了不该有的沉重。他一会儿背过双手托着，一会儿又把行囊弄到胸前，怎么弄也是沉重，也是不得劲。

将到宅北的时候，过南滚龙沟，相传这是刘秀从山上滚到山沟的地方，那时刘秀正倒霉。刘秀后来是皇上，皇上也有倒霉的时候。这时候的徐崇智，也像刘秀那样，双脚沉重了。他坐在一块大石头上休

© 山水空蒙

息，突然眼镜掉了，掉到路边的深沟里去了。若在平时，下去取一下也就是了，但是现在不想动。王秀杰、小玉、孔祥新、郭红霞等几个人就在他身边，与他一同坐着，看着他的眼镜，笑，笑眼镜也来逗弄人。还是郭红霞，利用建筑垃圾上的一根铁丝，加上皮筋，像钓鱼那样把眼镜钓了上来。

路过村庄，见到孩子，徐崇智忙把行囊里的饼干、巧克力等吃的东西掏给他们，甚至连一块糖他都愿意减负出去。

还在路上，就有电话传过来，说到宅北的红楼饭店吃午饭。以为红楼饭店，会是个多么豪华的饭店，实地到了之后，才发现不过是农家的一个二层小楼。在路东，临街一大间，是饭厅散座，三张桌子，一个柜台，后院有几个雅间。我们到了，李贵达迎过来接我们。我一回头，发现王铁亮大步流星地赶到了。

在华洋宾馆，王铁亮结完账，最后一个离开。在大坝上，他也无心浏览水库风光，一心在脚上。将到苏家庄大桥时，遇到了陈伟和程通。他俩出发的时候铁亮知道，他一直在追他们，结果总也追不上，这两个人竟然走得如此之快。但是，到了苏家庄大桥追上他们的时候，发现那两个人已经如涸辙之鱼。王铁亮陪着他俩走，走啊走的，他想把两个年轻人带起来，让他们重整旗鼓。但是，这两位好像是在有意考验王铁亮的忍耐力，总也迈不开步子。王铁亮带着程通走了一段，程通也停下了。王铁亮只好自己先走，走一段，等一等；走一段，等一等，结果也等不来，干脆不等了，拔开腿，走！

没想到这一走才最有感觉，他沉静下来了，无我无人，天地顿然，连只鸟儿也不见了，是见也不见了。他念着佛号，天地间只有他与佛菩萨在。佛菩萨无形无相，有形有相的只有他。天地与我同在，我与天地一体，当时就这感觉。走啊走啊，突然感恩的心生起来，当感恩的心生起来之后，天地为之变化，绿树红花，一草一木，一砖一石，它们在迎接我，在护持我，在给我力量。它们就跟我一样，它们就是我，与我无二无别。身与心好像在交流，身与心从来没有这么近过，身与心已经没有了界限。感恩——佛恩、父母恩、天地恩、众生恩，恩大难酬。这样想着，也不是想，就在这样的状态里，想哭。力量悄悄生起来，力量就是生命本身，脚下生风，越走越快。这样一直到宅北红楼饭店。

大龙是伤员。现在让人担心的只是他。

陈伟与程通，虽说在后面，却不大让人担心，他们只是因为年轻，没有经历过，因此心力柔弱。但力量却也在这柔弱处，一旦爆发却也不可限量。前两天的考验，是直面的落地式的，太阳与风雨不因他们年轻而有所顾忌，更不会护佑。对于他们来说，就像烧红的铁在砧子上猛力锤打，断就断了，不断就成了。结果他们没有断，他们所表现出来的韧性与承受力让人暗暗吃惊，这是坚强与勇敢的另一种呈现。两位90后，正是最要面子的时候。如果没有面子，那么无论多么特立独行，有什么样的另类表现，别人也无可奈何，就因为他们是90后。但是，他们表现出来的却是落落大方，在后面就在后面，甘于忍受，敢于承当，这种有忍辱成分在内的表现真的很可贵，或者尤为可贵。总有一天，他们会成熟起来。

但现在他们依然脆弱。王铁亮在结账，陈伟、程通与大龙一起走出华洋宾馆，在走羊肠小路的时候，大龙硌了脚。上坝的时候，陈伟去扶大龙，大龙说：“不用，你们不用管我，你们走你们的。”

正在大坝上走的时候，田鹏的电话来了。田鹏问到哪儿了，此时的他已经在宅北。当他听说陈伟还在大坝上的时候，他差点崩溃。

但是真正要崩溃的是陈伟，过了大坝不久，他的低血糖就犯了，似乎一点也走不动了。王铁亮追上了他们，王铁亮也不知道他怎么回事，陈伟不走就随便他不走，他跟程通并着走。走着走着，程通不走了，他让王铁亮先走。陈伟在后边，恢复到能走，继续慢慢走。走着走着，以为永远见不到人了，这时发现程通在等他。

到了苏家庄大桥，正好有辆大货车停下，那是辆邢台的车，当司机知道他们是邢台人的时候，就说："快上车，我把你们拉回去吧。"他们只是笑笑，继续往前走。前面又有一辆车，司机问："到五台山？你们步行啊？这么走，明年也走不到。"

真的到明年吗？只能走着看了。今天实在是累。昨天下午，陈伟跟程通虽然走在后面，但情绪不错。有一段时间，两个人还对歌来，一人一句，歌词接龙：你的字尾，是我的字头；我的字尾，又是你的字头。这样唱着，没有感觉到累。到了水库附近，一片一片的水，让人生兴致，一下子就走得快了。但今天却连唱歌的想法都没有了，也没有水让他们兴奋，只有闷热。

走到中午，实在累了，就在路边把雨衣铺开，两个人狠狠地睡了一觉。

这天他们没有吃午饭。

下午，走到实在饿了，在村边一个小饭店吃了炒饼。然后问老板，看没看到这样装束的人过去？那人说："过去了一个矮个，瘸着走。"不用说，这是大龙。他们还以为大龙在后边呢，结果在前边。肯定是在他们睡觉的时候超过去的。

不用说，大龙也没有吃午饭。

这天是李大龙最难的一天。大龙与陈伟、程通一同上坝，已经伤痕累累的脚，最怕路不平，结果小路上都是石子。时间不早了，太阳已经老高。但太阳在他眼里也已经不是太阳，它照着他的目的，不是给他力量，而是让他萎靡，让他渺小，让他难堪。太阳下的一切，都暴露无遗，李大龙这次完全把自己暴露了，光天化日之下，内心深处的东西都无处遁藏。若不是行脚，若不是心向菩萨，若不是有过空腹行脚的多次磨炼，如果是在职场上，是在与对手竞争，而遭到如此失败，那么死的心都会有。或者他死；或者他背水一战，豁命一拼。但是，现在，他只能默默承受；也不仅是承受，是在承受中超越。像炖猪头，火候有人把控着，不急不火，直到烂软到某个程度。

这不是大龙的脾性，大龙的脾性真的像龙，有七分火性，三分灵性。但是，现在，他火性已经没了，灵性好像也没了，他只剩下了韧性。这韧性是原来没有发现的，是到了现在这个状态下才显露出来的。但是这韧性到底能坚持多久，他也不知道。他已经败下阵来，败给了那些比他小的，比他老的。但是，他到底又没有败，不是他不承认，是有人不让他承认。谁？另一个自己。这也许才是那个真的自己。他好比炉灰里的那一星星火，已经看不到了，但一吹，还能燃起来。就这一点火，却是生命的全部。他像凤凰涅槃一样，在火中死，也在火中生，但再生之后，就不死了。

上大坝，上大坝之前有一段乡间小路，两旁是庄稼及各色野花，空气好极了。若是在平时，会感到十分惬意。但是，脚下有石子、鹅卵石，大小不等，很随意地铺在路上，很有诗意。恰是这很有诗意的石头，像冤家对头一样反复硌李大龙的脚。大龙的脚已经伤痕累累，搁不住任何的碰撞，但是这些石头却不管这些。如今它们是胜利者，以胜利的姿态嘲笑李大龙。上了大坝，景色旖旎，却诱惑不了大龙，他心里只有路，只有长长的路。

到后来，他就不用数泡了，不是好了，而是已经数不过来了。据他描述，他是三重泡——泡里有泡，泡里的泡里还有泡。不但脚底板

© 慧眼独具

起泡，脚侧、脚面甚至脚缝里都起了泡。期间我曾问大龙：“是不是猪蹄吃多了？”大龙说：“别提了，烧猪蹄是我们店里的一道菜，所有的猪蹄都是我采购，罪过大了。”这样问他，是缘于佛理。佛经上说：一切事物不自生，一切事物因缘生，事物因条件的变化而变化；凡事有因，有主因，有助缘，因缘和合，才有此事。吃猪蹄羊蹄等足类食物，手脚容易得病，这里面也有因缘在。因此我不是戏问，他不是戏答，彼此郑重。当然，一重重的泡，有一重重的因缘，也不仅仅是吃猪蹄那么简单。

不只有路，还有脚，更深切的是脚。脚，在平时，似乎可以忽略不计，但现在却只感觉到脚了。他穿的袜子也与众不同，是带脚指头的那种，如小手套。这也更增加了他的痛苦，每次脱袜子他都脱不下来，袜子与脚紧紧粘在一起，脱袜子等于脱一层皮。

跟王铁亮与琳琳在一起走，天上的太阳真热烈，水里的鸭子真干净，然而他的脚也真难受。他走得异常艰难，王铁亮与琳琳不能老等着他，他们先走了。他不愿意他们走，但也不愿意拖累他们。他很矛盾。他们走了，剩下他孤雁一只，似乎脚更疼了。

大坝走到一半，已经喝干一瓶水。到了水库大闸那儿，有水利厅的人在值班，大龙问有没有水。一位大姐马上拿“热得快”烧了一杯。几个人问他到哪儿，怎么就一个人。口气里透着关爱。

韩庄是出了大坝之后的第一个村子，大龙10点10分才走到。

过苏家庄大桥时，你说巧不巧，遇到了姨夫。姨夫开了一辆农用车，“哒哒哒”响着驶过，他想喊，但没喊。不是没喊；喊了，只是声音小。不是开着小轿车时那个样儿了，即便姨夫见了，也不见得能认出他来，认出来肯定会大吃一惊。

他想些什么呢？还是什么也不想？对了，他念菩萨名号。这是法师殷心告诉过的，和尚不打诳语。佛菩萨是绝望时候的希望，而且是唯一希望。平时他是藏在内心深处的，被层层烦恼深埋。只有虔诚心才能与之对应，但人的虔诚心平时却也难以见到，似乎用不到，浅层次的意识心就能应付世上的一切，心只在浅处游走。只有到了浅心不够用的时候，不得已的时候，深心才会出来。深心即真心，真心即虔诚心、恭敬心、谦下心，这个心一出来，才能感——感动的感，感应的感。咸心为感，咸心即全心，全心即真心。真心感得他心动，真心感得佛心应。佛菩萨即是真心的代表，你真心一现，佛菩萨就现了。这就是所谓“有求必应”，你不求，他不应；不是不应，是没法应。这就是佛菩萨没在别处而是在自己心中的根据。

大龙念着佛菩萨名号，走着，一步一步地走；不是一步一步地走，而是半步半步地挪。他不再是龙，而是虫，很笨的那种虫。

他不知道，在田鹏的微信里，有一些熟识大龙的人总是问：“怎么不见大龙？是不是掉队了？”

大龙没有掉队，他只是在队尾。队尾也是队。

这天，右脚脚底板的皮整个脱了下来，脚板变得异常鲜嫩。左脚肿了半个，几个趾缝里也是泡了，还有一个小趾甲盖掉了，脚腕子那里还全是湿疹。

昨日在霍宾台，更有感触。这个地方他太熟悉了，他的岳父岳母就在水库上班，一家子就住在霍宾台。说不定在这里还能遇到熟人，这样的一个狼狈相，可如何是好？如果退回十几年前，这样的状态出现在岳父岳母面前，会是个什么状况？

过了韩庄，还没到苏家庄的时候，也是最难的时候，媳妇尹建双发来短信：“龙哥，坚持住，要脱胎换骨！”

大龙心想：换骨还没有，但正在换皮。

这时的大龙也在审视自己，不明晰，但有感觉。虽然疼痛、艰难，但也感激，因为这是在排毒，是在消业。自己心里的身上的坏东西太多了，淤积太厚，淤积过久，这次是在清理。清理的过程是痛苦的过程，如媳妇所说，是脱胎换骨。这真的是一次机会。一次不一定能换彻底，但已经开始了。做任何事情离不开方法，就像做饭做菜，每一种有每一种的做法；人也是，要知道自己在什么状况里，要知道什么时候该做，什么时候该放弃，什么时候该放下。

媳妇的电话或者短信，是他前行的动力。但是在接过媳妇的一个短信后，他的手机没电了。

他只有走，咬着牙走。

伴着他的只有菩萨。

我们在红楼饭店歇息过了，但是天没有歇息，依旧闷热着。今天的目的地是寨头。寨头是灵寿县的一个村，距五岳寨不远了。自五岳寨到驼梁，这是行脚五台途中最高远的一段路，须下大力气。寨头是进入到太行腹地、攀爬蜿蜒盘山路的一个桥头堡。

但也不知道距离寨头还有多远。不知道距离比知道距离其实要好，知道了就会想着，就会去测算走过了多远，还有多远；如果不知道，则只剩下走路，心是简单的、宁静的。

只是天愈发闷热，是雨的前兆吗?

无论在前头的，还是在后头的，都感到了天的无情。公路似乎铺的时间不够长，要不就是天气太热，反正右半边公路上的沥青都被晒化了，成了黑色，从远处看，亮晶晶的像是水。人踩上去，鞋就被粘住，“刺啦刺啦”拔不起来。左边的公路因为有树荫，因此还是灰色。公路上人极少，车也不多，被晒化了的公路上面的脚印都是我们的人踩上去的。

邓一鸣、见心、王睿我们几个，走到累的时候，就歇歇。两面是庄稼，庄稼后面是山。山有高的也有低的。有一个村子叫南滚龙沟，

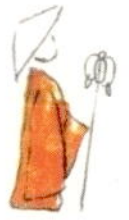

当然还有北滚龙沟。滚龙沟的名字源于汉光武帝刘秀。当年刘秀走国，进行统一战争，在河北一带留下了好多的故事。

南滚龙沟在20世纪70年代，曾经很出名，这里的人们开山造田，治山治水，成为学大寨的先进典型，此事曾在《人民日报》刊登过长篇通讯。那时河北有一句口号：远学大寨，近学南滚龙沟。今天才知南滚龙沟在这儿。随着时代的变迁，相信它也是好的了。

我们没有在战争中，没有战争的时代是好时代。但是，没有了形式上的战争，不等于没有了心灵上的战争，尤其是现在，衣食无忧，物质丰富，好像二百年来中国人特别是中国老百姓从来没有过过这样的优裕日子。但也正是物质上的优厚，将人的欲望撩拨到极致。人人在欲望中，欲望成为狱网，人人被引诱，人人被围困，人人不知拔离。非但不知拔离，而且沉湎其中。真的可怕，辛辛苦苦把自己送到地狱里去。因此，现在的战争不在外面，而在里面，自己跟自己过不去，自己捆绑自己，自己戕害自己，自己杀死自己，却还欣赏自己的尸体。当然，也有好多人已经觉悟；在觉悟者的后面，还有更多的人正在觉悟。就像我们行脚，有在前头的，有在后头的；前头后头不要紧，只要方向对了，就没问题。

刘秀走国，冲破重重围障，杀出了一条血路，收拾起一片旧山河，使之焕然一新。我们其实也是自己的刘秀，须把自己的心灵从沉重的迷茫的烦恼的纠缠的狱网中解救出来，获得新生。别以为难，只要自己感到了沉重，放下是随时的事。“退后，退后，看顽石动也。”这是川禅师注释《金刚经》的话，顽石是会动的，动了的顽石就已经不是顽石。顽石为什么会动？撬动它的力量如何生起？

前头的人已经走出好远了。我和邓一鸣、见心、王睿还有王铁亮在一起走。说是在一起，却也是分散的，只是若即若离，有时还有

◎ 此路为我开，此花为我栽

小的超越，一会儿你在前边，一会儿我在前边。只是休息时会聚在一起，各找地方坐下，静静的，并不多说话。应该是会口附近，在一个地方歇息，有几棵树，有几块石头，有一条水，水边应该有野花。有一只果蝇或者什么蝇，落在王铁亮的腿上，停住不动。王铁亮看到了，好漂亮的一只飞蝇，通身绿色，绿到透明，因此成为金色，头部却是红的。绿豆蝇他是见过的，这绝不是。世间苍蝇种类虽多，却没有这样的，这只飞蝇透着不凡。别是文殊菩萨化现的吧？王铁亮这样想，这样想便也这样说，他惊奇地招呼我们看。我离他最近，看到了那只飞蝇，真的很好看，也真的很灵动。王铁亮给飞蝇照了相，然后它飞走。

飞蝇真是菩萨化现的吗？没有谁知道。关键是它让我们想到了菩萨，由于它，菩萨在我们心中。其实，我们也在菩萨心中。我们的心沉沦过久，比顽石还沉重，还固执。而菩萨却灵动，他只需动一动心思，有的人就会有感应。人虽然如顽石，但有的时候却也如琴弦。我们与菩萨的关系，现象上看，即是他是他，我是我，但本质上看，却也他是我，我是他，我与他不二。

过了会口，然后过两界峰。所谓“两界峰”即是平山与灵寿的界山。界山顶前后真的不一样：界山前，道路是上坡，步步吃力；界山后是下坡，步步前趋。我们也是顽石，上坡与下坡，是谁撬动我们？

由于天热，也由于有规矩，我们都是默默而行，也真的像顽石移动。

田鹏与李贵达走在一起，他们在前边。

在将到寨头的时候，李贵达说：“你听，又走爆了一个。”

田鹏没有听到，但田鹏能感觉到。这种声音是动在细微处，而响在心里：“哧——”像是车胎煞气。

贵达在说泡。他的脚上已经满是泡，到底多少，他也没有数过，反正从第一天起就已经开始有了。他也不在乎，也不跟别人说，说了也没有用，泡还是在自己身上。不就是泡吗？不起的时候它们在哪里？起了的时候它们又能怎么样？不理也就是了。疼，肯定是疼。但疼是什么东西？《楞严经》上说："有觉觉痛，无痛痛觉。"痛的那个东西不知道，知道痛的那个东西不痛。真要是追问疼痛所在，还真的没有根，问来问去就问没了。李贵达也还没读《楞严经》，但他却能将疼痛置于无痛之地。

他也曾想用针管把泡里的水抽出来。他不知道抽出水来之后的干瘪会是什么感觉。如果抽出来，老皮挨着嫩肉，是不是会更疼？所以他不抽。起步的时候当然疼，也就十几步，从容着走，过了这十几步，也就不疼了。

于是他不再理那些水泡，任其生，任其灭，在生灭之间生出来的是坚强。坚强的李贵达，从始至终，一直走在队伍的最前列，步履轻快。他脚上有泡，但心里无结，面部表情一直从容，别人看到的是他的从来没有改变过的微笑。当然有时他也在后面，也在中间，但那是随缘，他随时可以走到前面去。

靠的是心力。如这天中午田鹏在微信中给网友们回复时说的："行脚五台是心力的填充，征服自己才能通达彼岸。想起师父的教诲：'不急不缓，徐徐而行。'行脚多次，此时刚走出些味道。"

到达旅馆之后，田鹏特意为自己的脚照了相，那一个个破了的与没破的泡，像是一枚枚勋章，闪耀着别样的光。

从昨天开始，在石家庄，有一个人开始准备：买包，买鞋，买行脚用的各样东西。妈妈发现了，问："你要干什么？"妈妈不让去，妈妈说男人的事女人不要管。但她还是买票上了车，先坐到平山，再从平山到会口。将到会口的时候，她看到了两个背着行囊戴着斗笠的人，那是陈伟与程通。她在车上激动得站起来：已经发现了行脚的人，那么她想找的人肯定距这不远了。

果然，很快她就看到了那个熟悉的身影。虽然熟悉，却也有几分陌生，是这样一种走法，从来没有见过的走法，拄着拄杖，拖着两脚，狼狈不堪。她赶紧叫停。车停住后，她从车上一跃而下，过去一把扶住了李大龙。

此是李大龙的爱人尹建双，她在微信上看到了大龙的伤情，放心不下，担心他发烧，担心他半路垮下来。不能让他垮下来，丈夫若是垮下来，就太惨了，对丈夫的打击就太大了。关键时刻，她有责任救助丈夫。于是，义无反顾，她赶来了。

李大龙一时被惊住了，很快温热遍及全身，“你怎么来了？”

“我来怎么了？不该我来啊？”

尹建双把大龙的行囊卸下来，背到自己肩上，两个人搀扶着走。

天已经黑了，但依然热，云厚厚积在天上，没有星星，连夏夜里最亮的牛郎星与织女星也看不到。其时，天上的牛郎星与织女星已经来到了人间，不用喜鹊搭桥，他们已经在一起了。

从这一刻起，李大龙从内心里生起一股力量。

他二位，还真的有过牛郎与织女那样的遭遇。

那是大龙在省外贸内部食堂配菜、打烧饼时，有一个女孩在这里当服务员，这女孩就是尹建双。尹建双看上了龙哥。龙哥丑，但龙哥心好，不但心好，还心灵手巧。龙哥不傻。这样的人并不多，遇到的即是上天安排的，因此她喜欢。

恋爱了4年，跟父母说了，父母不同意。父母在城里，是双职工，女儿也漂亮，与李大龙家是门不当户不对。父母虽不同意，也同意见见，说不定是个白马王子呢。及见到了大龙，那是断然拒绝，自家闺女找了这样一个没城镇户口、没正式职业、没漂亮模样的丑女婿，简直有辱门庭。但尹建双却不离不弃。父母说，若是跟他，就别要爹娘；若是要爹娘，就不能跟他。两难选择，她还是选了大龙。期间多少纠葛，多少眼泪，多少拉锯战，直到有了孩子，父母才接纳了她，同时也接纳了大龙。接纳之后，才知道大龙有多么好。

这天尹建双与李大龙相扶将，走过会口，走过两界峰，走到寨头，到宾馆已经是晚上9点多。

尹建双的到来给这支队伍增添了活力，她把大龙这块顽石移动了。

从此之后，大龙脸上的笑容一直像花朵般绽放。

遇到另一个自己

早晨起来，出了昌泰旅社。这是一家很小的旅社，条件也不够，但人很热情。空调开起来，没有冷风，都是热气，只好换电扇。四个人一个房间，但价钱便宜，每人只收二十元。真是与之有缘，这辈子还能再来这个地方吗？来这个地方，还能再住这个旅社吗？

出来旅社，就能看到周围的山。五岳寨就在西北方向，那里的山也确实高，但这些高山也还不是五岳寨，五岳寨比这还高。

几天的行走，已经形成模式，多数时间，我跟邓一鸣、王睿、见心走在一起。

昨天的邓一鸣很艰难，中午吃饭的时候，他一点胃口也没有，只是喝水。他的那脚与腿，真的在给他出难题。恐怕在他40多年的生涯中，还没有遇到过这样的窘况。

他是个从容的人，遇到的也多是从容之事；即便有不从容，也没有这样不从容。他先是上大学，然后留校，成为校长办公室的秘书，十年下来，虽年纪轻轻，在别人眼里已是抢镜人物了。但恰在这时，他却极力要求调到出版社，后又极力要求去做编辑。就因为他喜欢，只有喜欢的才不虚幻，虚幻的东西他不喜欢。别人说什么，他不管，他只管自己。不是他管自己，是他让心来管自己。心是一把尺子，量人量事，最难量的是自己，但他却量得准。因此在出版社，他是

◎ 法师旱地栽莲

惬意的，且是越来越惬意。因为他愈来愈明白，惬意不是别人让自己惬意，是自己让自己惬意。不如意的事是有的，就因为人人不是一个意，如了别人的意，就不可能如了自己的意，但随着自己的意越来越大，心胸越来越宽，看问题的角度越来越开阔，处理事务的方式越来越圆融，不如意的事情就越来越少了。不是世界变了，是自己变了。恰是自己变了，世界也随之变了。此次行脚五台，是遇到的，因此就是该当的。他愿意有这么一次机会来试验自己，他会在这次机会中得到自己应该得到的。临来，他已经预支了他的心灵储蓄，他觉得行，不管遇到何种情况，都是行，哪怕半途而废也是一回。英雄不是当给别人的，英雄是当给自己的。自己在哪里战胜，战胜了什么，也只有自己最清楚。只有遇到才能谈战胜，不遇到战胜什么？因此他的心是平的，他能这样走，走到现在，就是因为心平。不然的话，昨晚的一场高烧，就会看到好多灰烬。他照样很好，脚疼着，嘴翘着，留给大家的是笑容。由于有苦痛，所以那笑容比平时深邃很多。我看着他，很为他的状态感动。若是换了我会怎样？我相信我也会跟他一样。我能体会他内心宁静下来之后的那种感受。

昨晚，他坐在床上，一直在低头看脚，而我很快就睡着了，不知他看到了什么时候。早晨醒来之后，我发现他仍在看他的脚。脚上确实有着“无限风光”，相信多少年来他没有这样关切过他的脚。脚这东西好像就是个工具，跟心灵距离较远，用它的时候抬脚就走，不用之后就可以把它忽略，从来不被重视，更别说尊重。好像只有庄子说过呼吸以踵的话，只有庄子才知道脚与心灵同样重要。长期不被重视的结果，是关键时候它闹情绪。一闹情绪心灵就注意了。邓一鸣这几天就很重视，而且越来越重视。我有点替他担忧，愿意他的脚早点好起来。

下楼的时候，他走在最后。下楼之后，我们跟着前边的人到一个地方去吃早点。田鹏等人没有吃早点就出发了，他们已经在路上。饭后我发现邓一鸣先走了，拄杖点着地，一步二摇。待我们出发之后，前边却看不到他。原来，他是到一个药店买药去了。他的脚需要什么，他最清楚。

我们正在村头休息。这个村叫团泊口，村边有一口老井，我们向里张望时，水清亮得如一面镜子。我们坐在石栏杆上与村人说话时，村人告诉我们，若上五台山，可以不走盘山路，直接穿过五岳寨到驼梁，这样能少走好多路。

正在闲话，就见到陈伟与程通，两人一前一后甩着胳膊迈着大步雄赳赳气昂昂地走了过来，又走了过去，其气势不可阻挡。你能想到这是昨天的他们吗？在昨天以前，他们可是一直在后面的，今天与昨天的他们，完全判若两人。是什么力量使得他们突然之间就这样了呢？

昨天，移动顽石的是他们俩。这几天，的确有一块顽石沉重地压在他们心头，青春靓丽的两个小伙儿，二十出头的年龄，应该走在最前面，结果却总在最后面，已经知羞，却只恨双脚不给力。有一句话叫“包羞忍辱是男儿”，人恰是在此时崩断的，但男儿恰是在此时超越。超越之后，心胸就大了，性情就柔了，难处就不再是什么了。现在的陈伟与程通，才是真的陈伟与程通，扬眉吐气状态下的他们，真的好靓。

当他们见到我们时微微一笑而脚步依然的时候，他们真的出脱出来了。我替他们高兴，此时在他们心中阳光遍洒。顽石移动之后，紧接着便是莲花的开启。不，不，其实那顽石便是莲花，移动的只是心。

陈伟、程通这两个90后小伙儿，本来是想走西藏的，背着行囊，搭一辆车，再搭一辆车，做时髦驴友。既然有个五台行脚，那就先上了五台再说，也等于走西藏前的一次拉练。年轻人会把一切理想化，他们以为自己是青松，其实是被激情浸泡出来的豆芽菜。

特别是陈伟，从小家庭条件就好，既娇且惯，后来家庭出了一些变

© 相信自己

故，阳光减弱，阴影暗侵，一切无形，但一切有感知。一时，小小骨架似乎承受不住，但又必须承受，承受的过程中有反抗，反抗的方式也是孩子式的，先把自己麻木了，然后再麻木了岁月。然而岁月哪是那么好麻木的，于是他只好进一步地麻木自己，先将自己变懒，随后体质就差了，贫血、低血糖。近年来，随着年龄的增长，他要奋起，想走西藏即是证明。在这之前，他到田鹏这里来做义工，做得很好，回到家都说他变了一个人，变得阳光了，体质也胜过原来好多。其实谁也难以读懂他的心，他一直是在努力救自己，只是心里有好多纠葛需要择开，只是他的年龄还不能与之匹配，一时有点不知所措。这次行脚，对他来说是一个机会，但是，这个机会似乎有点早。再者，这三天来，日头也太过于毒；头一天背上的东西太多；从第二天起，背上的东西减轻了，心上的东西却增重了。他一声不吭地走在最后。这走在最后，并且长时间地走在最后，换个人就有可能崩溃，但陈伟却一直默默承受。跟着他一起承受的还有程通。承受的背后即是强大，即是广博，这得把所有的虚荣都打碎，把面子踩在脚下，不等别人踩，自己就已经先踩了。这种东西如果成长起来就很了不得。我一直在注意着默默无言的这两个小伙子，预想他们的未来，定然是灿然可喜。

后来陈伟说，这天他和程通是最后出的昌泰旅社，人们吃过早饭已经走了，他俩也就不再吃。程通跟他说，不能老是垫底呀，咱俩走吧！于是撩开大步，全速前进。手机上放着《大悲咒》，边走边听。超过了一拨人，又超过了一拨人，越走越有劲，一个半小时走到南营客运站，与准备在那里吃午饭的徐崇智等人汇合。一路上，不论是谁，所有的人见了他们都惊讶不已。这让他俩感叹：走在前面真好！

北营过后，天开始下雨，越下越大，我与王睿疾走、小跑，踅进吃饭的棚子下，没有湿透。后边的邓一鸣、刘见心就惨了，他们见跑不成了也就不跑了，索性慢慢走，雨水浇在他们身上，浑身湿透，像落汤鸡。

此处叫南营客运站，是个公用场所，靠南头是个饭店，搭出来一长溜棚子。田鹏他们9点就到了这里，在这里吃早饭。我们到了的时候，就已经12点多了。徐崇智等人比我们先到一个小时，他们到了之后，田鹏他们就走了。我们到的时候，徐崇智等人已经吃过，王铁亮忙着给我们这些人安排饭。

田鹏后来说，他们在这里等的时间太长了，打电话给王睿，得知我们还有那么远，有点等不及，就先走了。刚走十几分钟，没想到大雨滂沱，一下子把他们淋得透湿。雨大得不能走，躲到路边一个亭子里避雨、换鞋，心里就想：本就不该走，菩萨是让你照顾好团队的，结果你走；走吧，马上给你个警示。

饭来了，邓一鸣也不大吃，他一直在“欣赏”自己的脚，脚上的泡又大了起来，他用王睿用过的针管来抽泡里面的水，吸了一管子，呈粉红色，或者以为他是莲花化身。

饭后，琳琳接了个电话，是她爸爸朱卫峰的——朱卫峰就要到了。琳琳马上喜形于色，急问：“在哪啊？”然后对众人说：“我爸爸来了！”一句话没落地，果然雨中有一辆车冲了过来。琳琳喊着：“我看到了，我看到了！”那雨依然大，车在雨中停稳，从车上下来了李大龙夫妇。人们看着李大龙，李大龙低着头不敢看大家。在雨中，朱卫峰把大龙夫妇捎上了。大龙曾犹豫：还是别上吧？但最后还是上了，上去其实就后悔了。其实他已经到了北营，只差几里地。

朱卫峰与琳琳父女相拥，琳琳又哭又笑，想是百感交集。

朱卫峰带来了好多烙饼、饮料等，分给大家。

队伍要出发，好几个人已经背上行囊。朱卫峰说，为了减轻负担，大家是不是把背包放到车上？朱卫峰的意思是想帮大家，但大家

© 一蓑烟雨任平生

的意思是不要。李大龙对朱卫峰说：“只要老爷子把包放上，别人的也就好放了。”于是朱卫峰跟我说：“老爷子，把包放上吧。”我说不，游戏规则不是这样的。他说，放上吧，减轻点负担。我说不能听你的。说着我就走了。一开始，行囊在身上，还真是不舒服，肩膀酸痛；现在这行囊已经成为身体的一部分，很适应了。即便累，这包也是不能放下的。

三三两两的，大家都走起来。朱卫峰的车先是跟着，一会儿就开到前边去了。

走了有几里地，就见朱卫峰的车又开了回来，在我跟前停住。他下来对我说：“老爷子，还是把包放上吧，这样，可以走快点。”我慌忙辞谢：“这个时候，不能听你的，只能听自己的。”他见劝我无效，只好把车调头开走了。

在我身后十多米远是见心。事后他对我说：“如果你把包放上，我会整个瘫掉的。见你没有把包放上，车开走了，我一下子来了劲头。”能起到这种作用，这是我没有想到的。看来一个人从来不是一个人，好也好一片，坏也坏一片。

应该还是我们四个结伴，但只有王睿和见心在，邓一鸣从一开始就没有跟上来。他落后了。他的脚和腿实在不给他做主。

进入景区，同时走上盘山道。

昨晚讨论路线时，有好多人主张直接从山上穿过去，这样近不少。山民们说是有这样一条路的，应该没问题。王睿说是有一条路，当年来扶贫时，他曾经走过。路虽荒窄，但山高林密，处处风景。昌泰旅社的女老板也问了她的母亲，说是可以穿行的。但是，田鹏还是坚持走盘山道，因为下雨，山路泥泞，林深草滑，怕不安全；走大路虽然远些，但保险。

只是有一个问题：路太远，只在中间有一个小镇——坪岭，但我们不可能在这个小镇上住，因为如果住此镇，后边的路更是问题；只能走到下一个可以住宿的地方——驼梁，肯定是太远了，如果走不到，可考虑露宿，但是努努力是能够走到的。

那么今天跟昨天一样，又是赤壁鏖兵。

在写有“五岳寨风景区”的大门口，我赶上了崔春会、王铁亮和琳琳。而见心和王睿因为解手远远落在了后面。天一直阴着，非常凉爽。我让小崔他们先走，我等王睿和见心。

田鹏打电话给王睿，让快点走，他们已经见到师父——就是前些天遇到的那位从湖北三步一拜朝五台山的师父。

心为之一振，于是不再歇脚，一直走。盘山道，都是上坡，很费劲，用了很大的力，却不见成效，走不出想象中的距离。眼目所致，周围高山深壑，深不可测，像是人的欲望。天晴了，有白色的烟雾升腾，亦是云蒸霞蔚，绿树白云，宛若仙境。景色绝妙，只是无心赏，只能是一瞥再一瞥。只这一瞥，也已经知道五岳寨的好处了。看起来坡度不高，但走一段回头看，竟是那样高。路是一圈圈盘旋上升，因为山大，路像飘带那样有比较大的回环，给人感觉倒好像坡度并不高，盘旋到上面之后，才让人惊讶万分。小雨，时断时续。山上山下都是树。回望来时路，最低处也是最远处，宽宽的大路竟成了一条细线，那些楼房也如孩童搭的积木。想望一望邓一鸣在哪里，但是望不到。他和大龙夫妇，肯定也在盘山路上了，只是不知在哪一道弯里。

走呀走，我们像绸带上的蚂蚁。都是上坡，时陡时缓，若不是天气凉爽，肯定早就大汗淋漓，肯定早就神虚气短。

听到上面有说话声，以为是师父在上一层的路上，走近了看，原来是陈伟和程通。小哥俩儿坐在山坡上休息，他们也不知距师父还有多远。

又拐了两个弯，才见到师父。田鹏等七八个人在围着，听师父讲法。

◎ 白云飘过来，我们走过去

田鹏、乔俊荣和李贵达最先见到的师父，当时还不到三点半。想象他们见到师父时会是多么高兴。就在路边的空地上，绿草红花之间，放着供师父夜宿的那辆三轮车。即是平常的三轮，只是在车上蒙有小屋样的铁棚，漆成蓝色，车四周有金色字。前面中间是一个大“佛”字，“佛”字两边写：三步一拜；朝礼五台。车后面是软帘，供人出入，软帘上也书有“佛”字。车右侧有两行字：无垢慧灯破诸暗，智慧不受有无苦。左侧也有两行字：莫被梦幻游戏所欺骗，应做身体命运之主人。三轮车后面，支着一个仅可容身的方形灰色帐篷。天不时有小雨，当时师父在帐篷里，连小门都是封着的，应该是在里面打坐。田鹏认识这车，见了这车就激动起来，他高兴地喊“师父”，师父出来。曾经有过预约，师父说：“若是有缘，我们还会相见的。”果然有了这重逢的喜悦。

师父穿着绛色僧衣，多日不剃头，头发已经遮住了头皮。若不是这身僧衣，不敢认他是僧人。

他们请师父开示。

师父坐在一只小折叠椅上，然后说法。师父说：“和尚说法是假象，听见是第六意识捣鬼，无非镜花水月，因此我也没说，你也没听。”

这是师父的开场白，这里头有甚深的意趣，意在扫荡一切。

从三点半开始，师父一直在说法。先是面前站着田鹏、乔俊荣、李贵达三个人，半小时后徐崇智、孔祥新、王秀杰、郭红霞、韩小玉、朱卫峰诸位来到，他们把师父团团围住，聆听师父教诲。到五点半左右，我们这帮人来，这些人是王铁亮、崔春会、朱若琳、陈伟、程通、我、王睿、见心，共八个人。我们来后，徐崇智等人已经走了，田鹏、李贵达、乔俊荣和朱卫峰，依然在等着我们。来者来，走者走，师父也不着意，“青山元不动，浮云任去来。”

言语滔滔，师父说了什么？我们又听了什么？是：他说了他说的，我们听了我们听的。人人有收获，有的人有大收获。好多人事后说，正是师父的一番话，让他明白；正是师父的某个提示，使他轻松。师父用尽了他的方便，或当头棒喝，或细雨侵竹，或旁敲侧击，是根据面前的人，根据我们所问的话，还根据他的观察与测知，他如一片水——止水，明如镜鉴，能够直察我们的心底。因此他的每一句话，都是有对应的，有目的的。我们是带病问诊，他是应病与药。我们的病，即便我们不说，他也知道。其实我们自己也知道，无非是贪、嗔、痴、慢、疑，财、色、名、食、睡，有种种的放不下。我们这些自命的好人，有时甚至比有的坏人还坏。此虽是极而言之，但也不是耸人听闻。为什么这么说？坏人做坏事，会遭报应，会遇到大障碍，因遇到大障碍会有感悟、反省；一旦悟到，就会改弦更张，从而痛改前非，浪子回头，坏人做得彻底，好人也做得彻底。正像唐代思业禅师悟后所言：“昨日夜叉心，今朝菩萨面。菩萨与夜叉，不隔一条线。”而好人呢？却是坏人不敢做，好人又做不彻底，只把自己限身在道德的底线之内，“贪嗔痴慢疑”一样不少，“财色名食睡”一样不舍，表面看来什么坏事都没有做，其实在心里什么都做了。这样看来，不是比有的坏人还坏吗？问题是，这所谓的“好人”，不但骗了别人，也骗了自己。自己一直以为自己是好人，别人也一直以为自己是好人。世人都赞珍珠米，哪知实际是秕糠。这不可怕吗？读者莫错会，我不是在提倡做坏人，我只是在为好人痛惜。此也是因师父说法而引申，是在往深处认识自己。

因此我们要靠佛菩萨加持，要靠自己努力，不见他人过，只看自己非，从而把自己改造成真正的好人。

看师父怎么说。

关于这次行脚，师父说，文殊菩萨一直在护持着你们，自一出门就考验大家了。显什么身？也许一片云，也许是一辆疾行而过的车。

就看大家有没有智慧了，有智慧就能见到。

师父问：“为什么同是念佛，结果却不同？”良久，师父自答：“尽在发心哪！”

因此他叮嘱我们，每天睁开眼，先要想到佛法僧，每天将自己皈依一次，提示自己是个佛弟子，祈祷佛菩萨加持；不一定是在佛像前祈祷，佛无处不在，敬如在。念佛加持，让正知正见正解普度众生。每天临睡前，总结自己一天，反省自己，看哪件事做得不好，哪句话说得不好，从而忏悔自己。将一天做的善事说的好话回向众生。早晨用祈祷法，晚上用忏悔法，一天这样，一天在做功德；天天这样，天天在做功德。

师父让我们宏心广大，发起救度众生的心。众生悲苦，状如倒悬，迷惑颠倒，妄想纷飞。要发菩提心，救拔无量众生。悲心起，智慧开。

对于眼前事，对于钱财，对于身体，要做无常想。不要做房奴、车奴、钱奴、身奴或者什么奴，我们要做主人。

要懂得轻重，知道好歹，明了方向，深信因果。不要贪求世间福，应该向往佛光明，不要把牛蹄窝当成大海。世间之福，不可久享；天人之间，不可久留。应追求好的，给个老天爷也不干，而是要向往光明。

须时时问，自己的心是不是在当下。明了自己为什么学佛，学佛的目的是什么。

师父特别对琳琳说，遇事要求观音菩萨，学历不是问题，学什么也不是问题，最后自己的心灵才是问题，大染缸里自己要做莲花。

……

师父在说，我们在听，他说了什么不重要，我们得了什么才重要。

我们得了吗？特别是得了真谛了吗？

但是我们要学，只要我们用真心来归敛自己，今日不得，明日得；今日得，明日还得；今日得浅，明日得深；今日得假，明日得真。

6点20分了，我们必须走了，我们还有好长的路要赶。我们给师父顶礼，与师父合影，然后重踏征程。

已经问过了师父的上下，师父法号指陆。指陆——指路，他是菩萨派来给我们指路的吗？

指陆师父是在两年前，自湖北荆州天台宗的章华寺起香，三步一拜，一直到今天。曾想到在路上会遇见师父，但不知是在哪里，结果却是在这海拔两千多米的高山峻岭之上。我们在师父这里见到了什么？见到的不是他，而是我们自己。师父是一面镜子，立在高山之巅，每个人来了，都被他照见。我们在镜子里见到的，不管真丑陋还是假丑陋，那都是我们自己。只有知道了丑陋，才会想到英俊潇洒；只有知道了浅陋，才知道有个深邃；只有知道了丑恶，才会向往美善；只有知道了低劣，才会争取高拔。我们今日的行脚，其实就是洗刷、提升、深化、美化自己的一次机会。

其实这次行脚本身，从头至尾，也是一次照镜子。照身体，更照心灵。脚上起泡了，身体疲倦了，心浮气躁了，那是心灵的丑陋外显，而显现出来的，总是少数，心灵深处的肮脏才是真肮脏。

天气真好。整个下午，风清气爽，天阴着，却也不让人感到压抑，甚至感受不到天的存在，面前只是山的葱茏和高峻，层峦叠嶂，而白色的云气在四处蒸腾，云气形成各样的形状，若仙，若裙袂，若白马，轻飚飘举，似飘走也似落下。我们也应该像那云才好，见过师父之后，我们也果然像云，走路轻快多了，人人脸上洋溢着笑。景色实在太美了，

◎ 欲作扶摇之鸟，先有超越之心

人们用手机或者相机把眼前的景物收入镜头。照相时，有的把拄杖竖起来，把斗笠顶在拄杖上，有山高我为峰的意味。工夫不大，一个个都走到前头去了，只剩下我和田鹏、王铁亮、刘见心在一起。田鹏给我和见心照相，这样一张，那样一张。辛弃疾曾有“我见青山多妩媚，料青山见我应如是”的词句，如今能用到我们身上吗？

天色渐渐晚了，雾气多了起来，将一些山头淹没。

很快就到了最高处，最高处也是灵寿与平山的交界处。过了交界处，山路开始下旋，走的都是下坡路，脚步不由自主快起来，因为是不由自主，所以膝盖和脚都因前趋而难受。爬坡时的难受是一种，下坡时的难受是另一种。

走到7点多，遇到朱卫峰的车，前边的宾馆他已经联系好，他开车回来专门给大家送吃的。他车上还有一些饼和一些饮料。同时他告诉大家前边的路还有多远。

朱卫峰说，已经不远了，再走20里就到了。

他这句话给了大家好大的轻松。

我们吃了一些饼，但也没多吃，因为路不远了，肯定还有晚饭，只是垫吧一下。

后来知道，果然有一些人没有吃饼，也没喝饮料。

吃过东西之后，王铁亮一鼓作气，追赶前边的队伍去了。

山道弯了几个来回之后，走到下层来，天气反而清凉了，雾气只在上方。

想到，邓一鸣和大龙夫妇，不知远在何处？我们在师父那里待了那么长时间，也没等到他们上来，可见他们落在多远。前面的人在前面，后面的人在后面。前面的人不用担心，后面的人让人惦记。他们到高处了吗？

◎ 只在此山中，云深不知处

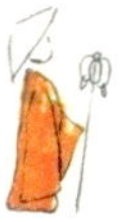

邓一鸣与大龙夫妇，还在山的一隅踽踽而行。刚才，我们在高处，盘旋到一个角度，还能望到他们的身影，两前一后三粒小人而已，那样的渺小和孤单。如今天幕四合，雾霭升腾，连他们的影子也见不到了。

后来听邓一鸣说，自从午饭后，他就落单了，走不动。天下了一阵雨，鞋湿透了。他到路边脱了鞋，把脚上的纱布解下来，看被雨水沤烂了的脚。这时大龙夫妇赶上了他，又走了过去。他重新启程，在将近盘山路时，见到雨水从山上流下来，他过去捧起来喝，喝了好几口，似也有童年的感觉，只是没有了那时的顽皮。后来他追上大龙夫妇，之后他与他们相跟着走，谁也落不下谁，谁也不想落下谁：他们在一起，在精神上，相互是个支撑。他与大龙，两个人都难，真成了“难”人。一公里也不想走，一公里也太远。然而竟然也是一公里过了又一公里。

朱卫峰来回逡巡，在山之高处的深深云雾里，他告诉他们的也是那句话：还有二十里，很快就到了。其实朱卫峰是在骗他们，善意地骗。一开始不知道是骗，走啊走啊老走不到就知道是骗了。朱卫峰是怕他们绝望，因为真相不是二十里，甚至也不是二十公里，而是更远。不知大龙怎么想，对于邓一鸣来说，他更希望告诉他真相，再远他也不怕：走一步就会少一步，早晚会走到，而欺骗只能使双脚步步落空。

天黑了，突兀的山不见了，绿的树、白的雾也不见了，全然是黑。天上没有星星，也没有夜游鸟，连只蝙蝠也看不到。尹建双带了手电筒，她给大龙照亮，也兼顾着邓一鸣，照一道亮再照一道亮。这让邓一鸣感激，也让他的眼睛在明暗之间闪跳。虽说艰难，却也平静。这是自然发生的艰难，是身体上的，因此没有什么。不是没有什么，反而有一种阅历感，有一种深层的愉悦感，完全不同于平时的自我造作，比如在金钱或者权力中的挣扎、拼抢，那才是真的艰难，真的疲倦，真的无聊，真的痛苦。

黑暗里，唯有心光能照亮自己。

走到坪岭小镇。路面低缓下来，坪岭小镇就在路边，四面是高山。天已经黄昏，但还能看得清小镇的面貌，非常好，在盘山道走了好远之后，无村无店，突然就有了这样一个小村子，世外桃源一样。在不通公路的时候，这里孤寂荒凉，村很小；通了公路之后，有人来这里开发，好多的别墅和小旅社，成了旅游者的天堂。想一想，若是在这里度夏，蓝天白云，青山绿水之间，会有多惬意。我们如果能在这里住宿，有天赐般的好，但是又不能住，只能走过去，让它成为一个曾经的梦。

过了坪岭，天就彻底黑了。前头的人在黑暗里，后头的人也在黑暗里，都不知远近。天底下好像只剩下我们三个。盘山路还在盘，只是缓了，路也显得远。因是夜晚，车已经很少，偶尔有大车过来，灯光强烈，田鹏给我们照相，就照这车灯中的我们。

黑暗让人绝望，但是，遥远处出现了一片灯光。那灯光是随着天黑出现的，天越黑，它便越亮，越辉煌。真是辉煌，如果形容一下，它就像小西天，有点如梦如幻的感觉，似乎不真实，似乎那是一个神话。第一眼看到它时，都会“啊”一声，说，看到了吗，那儿就是目的地了。我们望着这辉煌走。转过一个弯，能看到它；再转，还能看到它。它吸引、召唤，而我们向往。有它在，希望就在了。

这是我们的目的地。不用谁说，也都知道。因为谁都知道，除了坪岭村之外，再无另外的可宿之地了。那个遥远的光明，定然是驼梁的豪华所在。

就要到了啊。

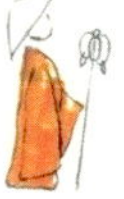

却总在遥远里，虽在遥远里，毕竟有了这样一个指望。

朱卫峰的车来回巡走，他在回护诸位，成为散珠中间的一条线。他在鼓励大家，前边的信息都是他传来的：快到了。远处那一片灯光，也及时出来为朱卫峰作证。

走了好远好远，肯定早就超过了20里，但那片灯光依然在远处。

天上没有星星，即便有星星也无心仰望，心只在路上。

田鹏与见心在走，能听见脚步声。我到了前边，一个人走在黑暗里，大声唱着佛号。我与山影在佛号中飘浮。这样一个人走，也很好。

终于近了，先要过一个村子，然后才是灯火烂漫处。村子里有几盏孤灯，有人影在走动。这里似也能住宿。当然，肯定灯火处才是我们要住的地方。

就在这村边拐弯处，我等田鹏与见心近来，我们一同走。走过这个在黑暗中的村子，又走了一段路，渐渐到了灯火集中的地方，老远就听到了卡拉OK声，且不是一处，路两侧都有，远远能看到人群围着，说是唱歌，倒更像吼叫。王睿后来说，当他走到这里的时候，音响与歌唱并没有给他带来喜悦，反而是烦乱，突然感觉此乃鬼哭狼嚎——之前还在仙境里，突然陷身地狱。王睿感叹：所谓好坏，全在认识与境界。原来以为好的，比如到歌舞厅，比如喝酒吃肉，现在知道不好了；不但不好，且是大不好。看来天堂地狱，不在地界上分，而在心界上分。

卡拉OK那儿有灯光，公路上没有。再往前走，房子密集起来，灯光也亮了，有人在走动。镇中间过一小桥，我们靠着桥栏杆休息。应该是到了，好多的旅馆，哪一个都好，为什么不在一进村的地方找一个呢？不是都走得异常疲倦了吗？已经走了这么深了却还没有到，当然前边就到了，但何必像是诱敌深入那样设这么远呢？

田鹏后来说，在这小桥上他要给我照一张相，我说别照了，口

© 漂浮若梦

气中透着不耐烦，是已经疲倦到极点了的情绪反应。我似乎没有感觉到。但疲倦肯定有，却也不能说极。我是个能受的人，受到不能受，却也还能受。我自己已经麻木到没感觉，亏了他在局外，一下子就能窥到我藏匿在心灵深处的霉苔样的污痕。

以为前边就是，结果不是；前边了前边了前边了还不是；已经是最后的灯光，最后的房子，长街尽头，应该是了吧，结果还不是。

这是大家共同的感觉。好多人在这时候崩溃。

前边是黑暗，灯光后的黑才是真黑，漆黑一团。且两面有大山压迫，山已经浓得化不开，墨团一样。高山再加上浓树就更黑，没有树的危崖像是伏踞着的斑斓猛虎，在半空中狰狞。涧水激越，哗哗作响。只有这声音在夜里凸显成立体。一点儿灯光也没有，偶尔有车过，“唰”一下子亮起来，然后重新回到黑暗里。

到底有多远呢？拐一个弯没到，再拐一个弯还没到，拐了无数的弯依然不到。朱卫峰的车往回开过来，问他：“还有多远？”

他说：“不远了，这回真不远了，还有五里地。”

又走了已经有五里地，结果还没到，才突然明白：他说的是五公里。

真的是，“刘郎已恨蓬山远，更隔蓬山一万重。”

王睿以为是在地狱里，所以快步穿行。他给郭红霞打电话，问他们到了哪里。郭红霞说：“王睿师兄呀，我们还在走。”王睿心想，郭红霞他们是五点多点离开师父的，在前边已经好久了，如今却还在走，那得多远啊？王睿到现在才悟出，朱卫峰说的十公里，不是确数。

已经是这繁华小镇最后的灯光了，结果还不是，那到底何处是目的地呢？王睿正茫然，马路左侧小饭店里的一条狗开始冲着他叫，另外还有三条狗围绕着那条狗。快到跟前时，四条狗突然一下子冲着王睿猛扑过来，慌忙中的王睿把拄杖横在身前，与狗对持。这根拄杖到底起了作用，那狗望着拄杖，没敢上蹿。王睿紧盯着狗，一步步退着走，做好了随时与狗搏斗的准备。庆幸的是，狗止住了。他返回身子，走了一段，回头望，狗没有追上来。此时如果再读赵州和尚的《十二时歌》，会另有情趣："日入酉，除却荒凉更何守！……一条拄杖粗刺藜，不但登山兼打狗！"

虽然狗没有追上来，但是心里已经有了狗，于是加快脚步，疾步走在黑暗里。那是真黑，什么都能淹没。正走着，右肩上的背包带"叭"的一声断了，很大的一个声响。只好卸下行囊，把断带的两头使劲系上，背起来继续走。在山上，只吃了朱卫峰带来的一小角饼，要知道是这么远，会多吃点。如今水也没了，所谓"弹尽粮绝"。但走得很快，以为快了能丢下黑暗。终于前边有灯光了，是加油站。过了加油站，又有灯光，那是一家叫作"梅苑"的宾馆。在这里他追上了乔俊荣、陈伟、程通。见了他们之后，左肩上的背包带"叭"一声也断了。乔俊荣用手电照着，王睿把带子接上。王睿甩开乔俊荣诸人，自己继续前行。又到了一个转弯处，周围有房子了，遇到一个老太太，问清顺宾馆在哪儿。老太太指给了方向，随后老太太又追上来，说："我带你去吧，我就是那宾馆的。"

到了宾馆一个人没有，指望着吃点东西，电话打给郭红霞。郭红霞说："师兄，早点休息吧。"

见过师父之后，陈伟与程通跟着乔俊荣走，乔俊荣走得特快。乔俊荣接了个电话，陈伟、程通跟崔春会又超过了乔俊荣。

听朱卫峰说，不远就到了，于是更有劲了。但是，走了好远好远，也不见到。见了朱卫峰，陈伟问："叔叔，还有多远？"

朱卫峰说："马上就到了。"

◎ 不是被吞噬，而是欲穿破

又走了好久，又见了朱卫峰的车，陈伟再问：“叔叔，还有多远？”

朱卫峰说：“快了，马上就到。”

过了灯火辉煌的繁华地，重新进入黑暗，前边的人在前边，后边的人在后边，陈伟与程通一下子崩溃。先是陈伟躺到了公路边，随后程通也躺下了。大地似在下沉，天空也在旋转，人如在黑漆桶中。躺了一会儿，他们不约而同地跟妈妈通了电话。

陈伟说：“妈妈，我走不动了。”这似乎有点撒娇。妈妈说：“儿子，我没想到你能走到今天。你已经非常了不起了，继续，没问题的。”妈妈是在鼓励，孩子好样的，你已经超出了妈妈的想象。

程通跟妈妈接通电话之后，妈妈问：“你是谁呀？”程通说：“我都跟您喊妈了，您还问我是谁。”程通跟妈妈诉苦，妈妈说：“你看你，一个大小伙子，怕啥呀，那么多人呢。”

儿子跟妈妈，说了好久，不论说的是什么，那都是爱的表达，都能给予力量。两个人的心在妈妈的言语中安顿下来。关键时刻，妈妈就是菩萨。

就像希腊神话中的安泰，只要与大地一接触，就有了无穷的力量。他们跟妈妈通过电话之后，又躺了一会儿，但这会儿的躺与刚躺下的时候已经不一样了，此时的他们是在汲取能量，就像孩童时吸吮妈妈的乳汁那样。不知过了多久，也许只是一瞬，大地不再绵软，他们爬起来，背上行囊，继续走。走着走着，突然看到前面有手电筒亮了一下，那是王睿。王睿是在他们躺着的时候超过去了。

走到梅苑宾馆门口，又累了，他们再次躺下。这是他们的经验，大地也会跟妈妈一样，在关键时刻托举他们。这时崔春会追上了他们。崔春会鼓励他们，让他们转移注意力，一心念佛号。力量再一次回到他们身上。

王铁亮又跟琳琳走到了一起。琳琳年纪小，个子却高；个子虽高，却依然是孩子。铁亮是琳琳的天空，他在哄着琳琳，激励琳琳，随机打点着琳琳；琳琳是月亮，反过来也照亮了天空，她用她的笑声和年轻人的欢快来化解疲倦，有时不是铁亮逗乐她，是她逗乐了铁亮。

王铁亮与琳琳在黑暗里，像陷入无底洞，不知终点在哪里。铁亮也不亮了，只剩下一团黑影。

琳琳要用手机屏照亮，王铁亮压低声音说：“别，一会儿狼来了！”他其实是想让琳琳安住在自己这里，心里静下来，暗处也有光。

琳琳就学狼叫：“嗷——”

王铁亮说：“这样狼来得更快。”

琳琳感到恐怖，大山像是要张开大口吞噬她；同时也感到兴奋，从来没有过的玄秘感，玄秘本身就刺激。

在黑暗里走，从来没见过这么黑的天。比天还黑的是周围的山，山里到处隐秘着狼，还有比狼还要凶狠的魔鬼。但是有铁亮叔在，这个世界就安稳。走着走着，不知走了多远，琳琳实在累了，她想歇下。

铁亮：“不行，可不敢歇，说不定有野猪！”

铁亮其实也想歇，自己也已经到极致了；自己都到极致了，琳琳怕是更加如此。但他不能歇，他怕琳琳歇下之后爬不起来了。

听说有野猪，琳琳真的不敢歇。她只有走，跟着这个被叫作“铁亮叔”的影子。

又走了好久，发现前边隐隐有灯。

铁亮：“你看，狼来了。狼眼睛！”

琳琳先是一吓，随后说：“那是灯——车灯！”

铁亮说：“狼——白眼狼。”

琳琳：“是车。肯定是我爸，我爸会来的。”

铁亮："不会，你爸不会回来了。"

琳琳："会，我爸肯定回来！"

铁亮："你爸别是魔鬼变的来害我们的吧？"

琳琳："别那么说，他可是我亲爸！"

话说过之后，琳琳也想，都怪爸爸，把我们弄到这样的绝望里，他是亲的吗？

果然是一辆车，在跟前停下来，朱卫峰探出身子。

琳琳问："爸，你是我亲爸吗？"

朱卫峰："怎么了，闺女？"

琳琳："到底还有多远？"

朱卫峰："很快就到了，几里地。"

琳琳："不许骗我们啊。"

王铁亮："琳琳，要不咱上车？"

琳琳："不上车。"

铁亮："还远呢，肯定还远呢。"

琳琳："再远，也不上车！"

听到女儿这样说，朱卫峰很感动，也很自豪：闺女真是长大了，几天的工夫，就长大了。朱卫峰的车开走了，开到他们身后的黑暗里：后边还有人。朱卫峰在巡察，看有什么情况，如果真有受不了的，他也就让他们上车。

朱卫峰的车开走了，他们继续前行。终于穿过了黑暗，前边是一个加油站，有灯亮着。王铁亮与琳琳在这儿卸下行囊，歇息。

很快，朱卫峰的车回来了，上边有人，但看不清是谁。

车停下。

王铁亮："琳琳，要不你上车？"

琳琳："我不！"

朱卫峰也问："琳琳，你上车吗？要不你上来？"

琳琳："我不，你们走吧！"

车开走了。

他们背起行囊，继续走。

后来琳琳说，既然来了，就得走出个样来；从来没想着回去，从来没想着放弃，也从来没想着五台山有多远，对公里数没有概念，只知道就这么走，肯定能到；到了才是五台山，不到就不是五台山。

琳琳的爸爸妈妈在石家庄上班，她在老家跟着爷爷奶奶。奶奶最疼她，奶奶是她的保护神。直到现在，只要她一个电话，奶奶第二天就会到石家庄。这次爸爸来，也是奶奶催来的。妈妈与奶奶，不是亲母女，却胜过亲母女，有一点事妈妈就会跟奶奶说。奶奶听琳琳妈妈说了琳琳的哭、琳琳的每次哭，心疼得不得了。其实奶奶年轻的时候也曾朝过山，她朝的是苍岩山。隆尧到苍岩山100多里地，奶奶背着干粮也是徒步走。苍岩山的半山腰有福庆寺，隋炀帝的女儿南阳公主在此出家。奶奶就是给这位公主来上香。但是，她能受苦却不愿孙女受苦，她催儿子到现场去看琳琳。

朱卫峰先给大龙打了个电话，问琳琳的情况。大龙说琳琳没问题，你不用来。

奶奶对爸爸说："你不去，我去！"

这老太太从来雷厉风行，说来真就会来。

朱卫峰是奉母命而来，他不敢不来。来之前，他正在灵寿工地上，工地也正忙——平整土地，打井架线，这是他刚承包下来的工程。他来了，来了，就跟上了这支队伍。他不单单是为女儿而来。工地打电话让他回去，他不回去的话就有可能停工。停工就停工，他是不回去了，他要跟着这支队伍到五台山去。

琳琳很佩服爸爸，爸爸有勇气和决断力。

爸爸当初并不是现在。那时的爸爸脾气大，他那脸总是绷着，一家人从来没有见他笑过。本来妈妈、弟弟与琳琳在一起说笑，门一响，知道是爸爸回来了，几个人马上散开，各回各屋，大气不敢出。直到有一天爸爸接触到传统文化，观念变了，脸色变了。回家的第一次笑，把全家吓坏了，不知他葫芦里卖的什么药。

爸爸变了，真变了，笑是出自真心。

爸爸变得爱看书，看书是给儿女做榜样。

琳琳学舞蹈，劈叉时腿下不去，爸爸就练劈叉；跳舞需要倒立，他就陪着琳琳练倒立，倒立时从树上摔下来，腿上落一个疤；儿子练跆拳道，腿踢不上去，爸爸就踢腿，一次用力过猛，竟然把腿给踢折了：爸爸行的是不言之教。

学了传统文化，知道什么事该做，什么事不该做了，于是不管赔多少钱，毅然把与酒肉有关系的行业扔了，把卖烟酒的门市关了。不敢跟妈妈说，就每天开着车到大街上转，转到天黑回家，说是上班去了。爸爸说，我倒要看看，我不干这个了，一家人能不能活下去。

无形中，琳琳也学到了爸爸的勇气。爸爸来之前，她自己度过了最艰难的时候；爸爸来之后，她把最好的最亮丽的炫耀给爸爸看。

今天孔祥新感到了艰难，盘山道盘了多少弯她不知道，她只知道脚有多难受。因此在黑暗里，朱卫峰的车成了救星。徐崇智似要崩溃，天这样黑，路这样远，脚这样疼，车又这样方便，不上车似乎不对。于是就上了，孔祥新也跟着上了。她那时整个人已经麻木，似乎不会思维了。上了车只一拐，似乎只是一瞬，宾馆到了。原来所谓的远竟是这样近！若知这样近，何必坐车？就差这么一点点，就残缺了，不要说残缺了一点点就可以原谅。残缺与不残缺是不一样的，何况孔祥新是个追求完美的人。孔祥新到了宾馆，百味杂陈，百感交集，她抱起枕头，伏床大哭，且是越哭越止不住，或者她也不想止，干脆哭出来倒好。

哭声里有怨恨吗？有。怨恨丈夫这么多天也不知打个电话问候一下，丈夫听说去五台山，还以为是旅游呢，丈夫粗心若此。再是怨恨自己，怎么就这么糊涂，为什么少走这一段路？那么多人都能走下来，连琳琳都能走下来，为什么自己不能？哭声里有委屈吗？有。脚疼，腿疼，若是不疼，或者不这样疼，不就到第一梯队了吗？在第一梯队，好多事不就没有了吗？

0点，所有的人都到了。这个地方是平山县前大地镇，这是前大地的清顺宾馆，清顺宾馆也是前大地最后一个宾馆。就是说，再往前走，就出镇了。如果前面还有宾馆，那么，我们肯定住前边那个。这是朱卫峰的安排。他不是有意为难我们，他也想让我们住木厂镇——我们路过的那片灯火那唱卡拉OK的地方就是木厂镇，是从灵寿过来的第一个繁华之地。但是如果住木厂镇，明天一天到达五台山脚下就困难。为了保证一日内轻轻松松走到五台山，朱卫峰一脚油门，把宾馆安排到这里。

无形中，暗夜中的这段路，精疲力竭之后的这段艰难，成了一场严格的考试。这真是菩萨的有意安排。当时是难了，但是，事过之后，才感觉到这段路的深刻。如果不是境遇如此，如果不是强行安排这样一个境域，谁会将自己扔到绝地里，看着自己在生死边缘上挣扎？谁有这么大的勇气？谁会这么绝情？但绝情恰是有情，恰是真情。也只有佛菩萨有此深心，此乃大慈大悲所在，这也像父母打孩子，一巴掌下去，满满都是爱。

从木厂镇到前大地，到底有多远？其实真的不算远，也就十多公里，但是，对于已经走到极限，在巨大的期望值破灭之后人人几近崩溃之时，这段路似乎有千里远。什么叫“行百里路半九十”，这就是了。最后的一截才是最难的。恰也正是因为这难，才使得大家走到一个从来没有到达过的境地，我们就在这个境地里见证自我的各种面目。这里有惰性，有软弱，有依赖，有绝望，有恐惧，有嗔恨……乌七八糟的想法都会出来。以为这不是我，不可能是我，结果却是我，平时这个“我”不会出现，只有到了这个时候才会出现。在这里，谁也无可逃遁，如雪峰义存禅师所说“世界阔一尺，古镜阔一尺；世界阔一丈，古镜阔一丈”。正因为无可遁形，或死或生，就在此刻。像是蛹变蝴蝶那样，变出来的就是蝴蝶，变不出来的却连毛毛虫也不是了。因此大峡谷中的这一段路，好多人会终生难忘。

这是内距离，自己跟自己的距离。自己跟自己的距离最近，却也最远，远是因为方向不对。只有在今天，才是自己朝着自己走。走一步离自己就近一步，一直走到自己跟自己在一起。文殊菩萨就在这时在这里看着我们微笑。我们在菩萨的微笑里，才能发现自己真正的美。

因此，这次行脚，朱卫峰亦有不可磨灭之功绩。朱卫峰的到来，是偶然，也是必然，好像他是受了文殊菩萨的指派。他来得恰是时候，从中午来后，他就不再离开这支队伍。田鹏还怕他扰乱人心，曾跟他说：“你或者回去，或者到前头去，别来回打扰。”他真的是在打扰，但是这打扰，却是打扰出了特别的效果。

急流水上不流

早晨7点多，窗外一阵拄杖响，人们陆续开拔了。

韩小玉动身最早。今天是她的生日，她有意起得早，没惊动任何人。她想走在一个人的世界里，与菩萨单独在一起，默默对话。她叮嘱自己，从今天起一切崭新，这是她送给自己的生日礼物。因此，她的每一步，都在力量里。

我和见心起得迟了，到饭厅匆忙吃了点饭，走的时候已经8点。隔壁是邓一鸣和王睿，他们的门开着。我们进去看了一下，王睿去吃饭了，只有邓一鸣在，他正在“整理”他的脚，卫生纸散乱着，纱布散乱着，无非血痕与水痕。他让我们先走。

依然盘山道，但不如昨天的高和远，走出半个多小时后，我们已经站到了很高的地方，站在高处回望，能看到通宾馆的路。人迹寥寥，不见王睿和邓一鸣的影子。邓脚伤严重，最担心他。

拐过几道弯之后，到了山西界，盘山路就此结束，这边是平原了。山西这边的景象，完全没了驼梁那样的雄浑，而是换了一副平和面貌。山不是高的了，而是缓慢的坡；坡是绿的，像铺了毡，坡上有松有白桦和红桦。交界之处，是一片开阔地，亦有好多的人和车。这些人和车，多是朝五台山的，或是去的，或是回来的。山西的路也改

◎ 你我本是一体

© 白云苍狗

叫了门河线——“门”指五台县的门限石，“河”指河北省。

大部队来到这里的时候是9点40分左右。山西界也是五台县的界，因此这里是转折的标志，坎坷已过，前面即可直达五台山。因此在这里，乔俊荣、田鹏、崔春会、郭红霞、朱卫峰先后挥舞金黄色的旗帜，呐喊，亮相。风猎猎，旗飘飘，人佼佼，好不飒然。之后大家在这里合影，合影的是10个人：田鹏、乔俊荣、李贵达、崔春会、徐崇智、王秀杰、孔祥新、朱若琳、王铁亮、郭红霞。拿相机的是朱卫峰。

他们走后，我和见心才来到这里。

我们在门河线13号桩休息，闲看山西风光和过往车辆。

正坐着，大龙夫妇走了上来，他们冲我们笑笑，说了句“笨鸟先飞”就走了。后来大龙说，到了这个地方，是一大转折，心情放松了，脚步也轻了好多。那平缓的山坡、绿地及松树，觉得像是到了欧洲。

也是在这儿，就见王睿大踏步赶了上来，那种神态，那种姿势，那种气势，真的让人出乎预料。他看了我们一眼就走过去了，他的感觉与我们的感觉是一样的，那就是他已经不是原来的他了，他已经不在乌鸦群里，而是一下子变成了凤凰。变成了凤凰之后，整个世界在他眼里就变了，我们看到的是松树，他看到的是梧桐；我们看到的是缓缓的山坡，他看到的是俊丽的岐山；我们看到的是云彩，他看到的是伴侣。

他怎么一下子就这样了呢？这几天来，我们一直不离左右，在前天，路过两界峰时，他还说他背疼，且也不只当日，而是总疼，特别疼，有时会在半夜疼醒。此次行脚五台，来前曾犹豫，犹豫的原因也是因为后背。脚上起了泡能忍受，背疼却难以忍受，背上再压个背囊更难受，因此老是揪着背包带。

◎ 行行重行行

我不以为他疼到这种程度，我以为他是一般的疼。知道他是这样疼，是从五台山回到石家庄之后，那时他已经彻底好了，逢人就说他多年的背疼终于得到解脱。他说他是听了我的话之后真心忏悔竟然第二天就好了。这真的是奇迹，他也以为是，我也以为是。这奇迹说明，奇迹并不奇，是我们不熟谙其中的深层道理；一旦知道了，奇迹却是这样简单。行走之间，他简单告诉我“背疼”，我随口告诉他“你肯定是抗上了”，他还问了一句“是吗”，我说“肯定是，一忏悔就好了”。之后他就不言声了。原来他是在忏悔。

所谓“抗上”，即是与上司或者长辈有矛盾，上面的压，下面的顶；压力越大，顶力也越大，甭管是硬顶软顶，反正是不服。但是我知道，王睿离开上司已经多年，他是个自由职业画家，且是画那些宁静的画。抗上的日子已经一去不返，但是他毕竟抗过。外在的东西去了，内心的东西还在。说他抗上是因为我了解他，20年前我俩一起办报，他那时还是个没出校门的大学生。他来报社当美编，属于临时帮忙，有实习之意，毕业之后就到了报社。但他正式来报社时，我却到另一家报社了。我们俩就这样错开，之后多年不见，到后来见了，才知道他经过了一些挫折。挫折使他受伤，却也使他强大。壅塞是肯定的，壅塞之后呢？或者是憋闷、窒息，或者是宽阔、坦荡。不以壅塞为壅塞，壅塞又奈我何？他选择了后者。或者不是选择，而只是心里一懒放下了。放下了才知放下的好。他真是有点懒，当年我会怪他懒，现在我却愿他懒。我说他抗上，是说他曾经反抗，压力之所以是压力，就是因为反抗，不反抗何来压力？

他真的好了，缘于他从心里退了。退了一方，就没了另一方，此乃釜底抽薪之法，不信你试试。

背是什么时候不疼的呢？

昨天，五岳寨山脚下，在南营客运站吃过饭，朱卫峰来了。朱卫峰让大家把背包放在车上，王睿还真有点心动，因为背还是不舒服。但他没放。那么是见过指陆法师之后吗？应该是，反正后来就不疼了，也没记住到底是什么时候。但见指陆法师却也是心灵上的一大转折。

昨天，我与王睿、见心见到指陆法师，来不及卸下行囊，伏身顶礼。王睿说他这是第一次给师父顶礼，觉得是一件大事，心灵上的大事。所谓恭敬，是从自觉开始，是从放下开始，自己慢着，不可能有恭敬。原来也曾做义工，鞠躬九十度，但外在大于内在，恭敬心并没有真正生起来。心里有了恭敬，做出来的才自觉。在我们顶礼之后，指陆法师说，现在人们都慢，没有规矩。王睿说那是师父在说以前的他，师父一下子就把人说破了。

辞别指陆法师之后，跟大家一同走过灵寿与平山的界牌，他的脚步突然加快，独自一个人走下去了。不知走了多久，后面的人就看不见了，但前边的人也看不见，天地间只有他一个。这时天已经黑了，黑到彻底。只在远处有那一片如梦如幻的灯火。

那时的王睿走在一片寂然里，心无挂碍，一时间，他也忘了时空，不知这是五岳寨还是驼梁，不知是8点还是9点，他不在时空里，却也没在时空之外，他自己就是全部时空。天黑吗？诚然黑，四面青山已经隐没在夜色之中。但是王睿面前的路却是银色的，长长的一条银色带浮在夜色里。王睿也没多想，他只是走，走，心底泰然，双脚轻快，没有一点疲劳感，好像从来没有疲劳过。背也应该是在这时候不知不觉不疼了。

在这样的殊妙境地里，他也并没有感到殊妙，这没有感到才真殊妙。也不知走了多远，直到临近木厂镇的那个小村，阴影里站着一个人，那人突然问：“干什么的？”

声音并不大，在王睿听来却如雷震。他猛地一惊，眼前的那个境界一下子没了，只见天地间黑寂如磐。

昨日的王睿已经走在菩萨的光明境地了吗?

看他今日的状态才是真状态，他已经走回了自己。今天他是倒数第二个出发的，他身后只还有邓一鸣。但他像是在检阅部队，从尾到首，先后走过了陈伟、程通，走过了我和见心，走过了大龙夫妇，走过了王铁亮与琳琳，在临近瓦房村，与大部队会合，自此一直到五台山脚下，他都在第一梯队。

事后我问他，他说：“那时的感觉，就是一直在自己的状态里。”

自己的状态，自己与自己重叠，身与心和谐，天地与我同根，万物与我一体。就是这个状态，走路如此，做事如此，做人也如此，无不如此时，恰也就是菩萨境界。这也便是南泉禅师说的：“时人见此一株花，如梦相似。”

在山西界，遇到的第一个村子是石板沟。这是个古朴的小村落，房子低矮，墙是土的或者是青砖的，上面铺着蓝瓦；蓝瓦已经发黑，是岁月的颜色。檐下是老式的木门窗，亦是岁月的颜色。房子随地势错落着，很有古趣。

我们已经追上了大龙夫妇，走在一起。路边有一老汉守着个小摊子在卖野果，尹建双买了一些。果子不大，小杜梨一般，果壳亮亮的，透明，满是刺。后来在休息时吃了，果肉微甜。可以把整个果放到嘴里，用舌头把果肉压出来，奇怪的是那些刺扎手却不扎舌头。

后来知道，他们前边的人，也在石板沟买了那个老汉的野果。

尹建双脚步从容，像孩子那样悠闲，边走，还边捡一些小石头。

我大声唱诵：“南无—清凉山—金—色—界，大智—文殊—师利—菩—萨……”

◎ 安稳在岁月里的小山村

声调和词均来自寺里的叩钟偈，那是从“妙湛总持不动尊”开始的，一直唱到“大愿地藏王菩萨”，共30多句。我却只是有关五台山的这一句，反复唱，一声接着一声，山色与阳光全在这音声里。

我就在这音声里，把见心落下一段距离，把大龙夫妇落下一段距离，如果从天上朝下看，那是四个人四个点：前边一点，中间一点，后面两点。

天地很开阔，山与山远了，天与地却近了，附近的地里是些胡麻或者不是胡麻，但也不是河北平原上的那些庄稼，这里海拔高，天也凉爽些，云彩也白，庄稼却矮。

邓一鸣已经上路了吗?

邓一鸣坐在床上，一层层地给自己的脚缠纱布。他做事一向仔细、认真，他对付的不是脚，而是一件事情。就好比他正在编一本书，一本他喜欢的书，他喜欢，就愿意在上面下功夫。朱卫峰看到邓一鸣缠脚了，一点一点地，缠得非常到位，一点不着急。在他的心目中，他自己这里就是目的。别人走到哪里他不管。别人的在别人那里，只有他自己在他这里。

他最后一个走出清顺宾馆，大概时在9点。

此时的邓一鸣，已经不是在走路，而是在挪，连半步也够不上。他双手拄杖，屁股撅着，身子前探，重量有意移到拄杖上。自从媳妇来后，大龙立即焕发了精神，大龙最危难的时刻已经过去，危难已经转移到邓一鸣这儿。应该说菩萨知道他能承受，或者菩萨有意让他承受；或者说他心胸大，心胸大就得承受大的。不然的话，验证不出到底的力量。

阳光是好的，从松树的枝丫间射出来，驼梁的山上到处是松树，也到处是阳光。邓一鸣行走在阳光里。一米八的个子，180斤的重量，在这天地间却是轻飘飘的一羽。从远处看，感觉不到他。只有从近处看，才能看到这个人真是太沉重，他的前边没有人，后面也没有人，谁是他的支撑呢？如果这样想，肯定错了，他是一个人，虽一个，却也与天地同在。事后他说，无忧无惧。他根本就没有想别人已经到了哪里，别人肯定在他前头。但别人的前头是他衬托出来的，如果他比那些人还快呢，那别人是不是就到了后头？前后是比较而来，因此并不真实，若是没了这前后想，那自己永远在自己这里。自己若是真在自己这里，那么，全宇宙也就不会在别处。若全宇宙不在别处，自己怎么会有前后呢？

虽然行脚是第一次，但走路对邓一鸣来说，却是记忆犹新，或者说还有很深的情结。他生在冀中平原靠近白洋淀的一个村子，中学是在邻村上的，3里地，中午回家吃饭，每天都是走着的。穿着娘做的布鞋，来来回回走在乡间的泥土路上，当时就没有疲厌感，后来越想就越好。高中在县城，40里地，有时回家也是走着。有一次下大雪，与同学一起走在雪地里，有一种茫然无际之感，脚踏在雪地上的感觉还有那声音，如今想来极富诗意。那样的路，再长也是短的。后来有了孩子，从媳妇娘家回自己家，背着孩子，也是走几十里远。如今只剩下回忆，总想再走一回，却没有了机会。但走路总有好感觉，于是上下班总是喜欢走，有车也不坐。原来近，走着；后来远了，一去十里，回来十里，依然走着。虽然总在走，但当年的意趣难寻。

因此此次行脚，有找补旧有日月的意思，这样长距离地走，且是向着神圣，应该会走到自己心里去。心里的才是真的，才是纯的，所以人到老大依旧愿意回忆童年，因为童年的是纯的、真的。何况还要出书，出书是自己的本业，本业即也应该是真的、纯的，真的、纯的就得靠心来体验。

所以，邓一鸣走得很自觉。虽然，当年的走法没有一样是这样

◎ 笑看云卷云舒

的，但这样的走法更能激发内在。痛苦是真的，多年没有起泡了，即便当年有过起泡，起泡之后就停止了，但现在的情形是：起泡才是开始。这就逼着自己向深处走，不再仅仅是脚上的功夫，而是心上的功夫，检验心灵力量。淋漓尽致，一点都装不得假，一步步暴露自己，一步步审视自己，一步步改变自己，一步步提升自己，如果不提升就堕落。是升是降，是生是死，自己必须有答案。这就是革命的本义，自己革自己的命：自我超越与自我升华。或者以身殉国，或者绝处逢生，这两个其实是一个，真把自己豁出去之后，死时恰是生时。

这几天，邓一鸣就经历了从生到死再从死到生的过程。也许在外人眼里，他依然艰难，但那只是外在，皮肉之苦，皮肉上的事是了了的事。他的内心本来就有着相当的承受力，现在无疑更强大了，更宏阔了，因此他无喜无惧，无得无失，心地安稳、沉实。

我出发之后，有一段时间，心里还有起伏。觉得也许应该再等等邓一鸣，跟他一起走，与之为伴，或许对他是个支撑。随即即想，那样的话，反而不好，非但帮不到他，反而他会有压力。依他的性情，他是非常独立的，非常坚定的，不允许别人照顾他，甚至不允许别人惦记他。我走我的，恰才是对他最大的帮助、最大的理解。理解就是真。他要的仅仅是理解，多了他不要。多了我也不给，一给就多了。多了对他是负担。宁可我要负担，而不能把负担给他，更不能以朋友的方式以爱护的名义给。

见心也曾跟我商量，是不是等邓一鸣。我说不等，他自己在后边没有任何问题。他自己在后面对于他来说，才是得其所哉。就因为他强大，强大的心必须有强大的事或强大的境遇来支撑。他的高度在他自己那里，我们的高度在我们自己这里。就如一棵树与另一棵树，相互映照，却不相互依靠。

路边种了好多胡麻，胡麻正在开花。不知为什么有一些胡麻被砍倒了。两边的地很肥沃，庄稼都绿油油的，虽在这大热天，也照样精神。我和见心一前一后走，影子跟着。影子真忠实，我们有时还会在情绪里，但影子不会，它总是不离不弃。

公路在一个叫马铺沟的村子南边横过去，右侧是房子，左侧是野地。在房子将尽时，看到徐崇智和孔祥新在路边一片树荫下歇息。我们看到了他们，他们也看到了我们，相互笑笑，见我们没有歇息的意思，也就任我们继续前行。

下一个村庄叫上王庄。时间已经过午，前边队伍不知在何处，我们坐在路边歇息，看到对面是一个小卖部。小卖部虽小，门头却大，属于商务部万村千乡市场工程，牌子上写着：忻州市中农物流有限公司五台分公司中农连锁超市上王庄村店。宣传牌上写着一溜字，其中有食品一项。不如就在这里吃点东西好了。见心看着行囊，我到马路对过店里看有什么可吃的。果然有吃的：袋装烧饼、饼干等等，竟然还有方便面。店主是一个40来岁的女人，问她能不能给弄些开水，她说可以。于是买了烧饼和方便面。店主不但给弄了开水，而且在屋外的阴凉儿下摆了一个方桌，拿来了凳子。这时后面的大龙夫妇撵了上来，他们也停下来，加入了吃饭。随后徐崇智、孔祥新，紧接着是王铁亮和琳琳，大家都在这儿吃。

人多了，店主忙给添凳子，拿方便面。还让她的女儿到附近菜园里摘来黄瓜，做了大盘子凉菜。开水弄不过来，街对面的一个男人跑到自己家去坐开水，一壶一壶地往这边提。周围的人介绍，店主叫戎爱华，是上王庄的妇联主任，忻州市人大代表；街对面的男人叫阎建光，跟戎爱华一样热心肠。

一直在想着邓一鸣，不知他远在何处。我们都吃饭了，他呢？吃

◎ 山里人家

什么呢？水够喝吗？我在店里买了一袋烧饼和两瓶水——一瓶脉动，一瓶普通矿泉水。尹建双见买东西，忙跟过来付款，今天的饭都是她拿钱。想让车给邓一鸣捎回去，总是有车在店门口停下买东西什么的，可是这会儿却没了，想拦一辆车却也拦不住。我们要走了，只好把东西放给戎爱华和阎建光，说后面有一个姓邓的高个子，像我们这样打扮的，有顺便车给他捎回去。他们满口答应。我还告诉他们，我们在前边若是拦着车，那车会到这里来拿东西。

走了一段路，见有几棵树很好，地也平整，我跟见心决定在此休息。徐崇智和孔祥新继续前行。我和见心跟他们说了拦车的事。后来，他们果然给拦了一辆车。

大地沉稳，我和见心睡得真好，连梦也无。以为不过一刻钟，结果一睁眼已过去一个半小时。有一位放猪的妇女在左近吆喝着，十来头猪在她身边自由徜徉。见心在原来，烦恼来时，会有吃不下饭的时候，会有睡不着觉的时候，现在还有吗？吃什么什么好吃，躺下就着了，天地全在踏实里。正如赵州老和尚《十二时歌》里唱的那样："第七时日昳未，这回不践光阴地……不习禅，不论义，铺个破席日里睡。料想上方兜率天，也无如此日炙背。"

邓一鸣终于爬上了那道岭，这是驼梁的最后一道岭，过了这道岭，就到了山西界。

山西山的缓慢愈加显示出了河北山的急峻。无论急峻还是平缓，于邓一鸣来说，都不算什么。你急他不急，你缓他不缓。他只是渴。早饭是王睿从饭厅里拿回来的馒头与油条，他随便吃了点，这几天他就不想吃东西，只是喝水。水一直在喝，一直没少喝。水是生命的来源，这几天对这个概念有了愈加深刻的认识。为了省力，他今天没带水，经验告诉他，每个村落都有卖水的。但是今天他错了。上了界岭，虽然人不少，也有一两个摆摊的，但没有卖水的。这有点让他不知所措，他该歇一下，但是他不敢歇。已经出来晚了，且走得如此慢，今天的计划便是宁可慢，却要一点一点地前移。他想，文殊菩萨要的就是态度，他也就只有这个态度。实在累了，就把行囊靠在石头上或者树上，略歇一霎，不能卸包，更不能躺下。

问题是，水在哪里？路边有一个卖六道木的老人，他走近了问：“老人家，这里离卖水的地方有多远？”老者看着他，说：“再走十几里地，有一个村子，不知有没有卖水的。”老者面前却有水，一个大可乐瓶子，一个小可乐瓶子，都装满了水。老者把水送给他，他要了那个小瓶子。瓶子虽小，却能救命。能支持到前边那个村子就好了。

就靠着这瓶水，一步一步挪到了石板沟。他也不知道村名，只见房子古朴、低矮，好像在世纪之外。小瓶可乐的水已经化为汗水，村子里也见不到卖水的地方。看来只能讨水喝了。他把自己挪上高坡，弯腰进了一家屋门。接纳他的是一位老太太，老太太马上拿来一个大碗，从一个水池子里舀了满满一碗，递过来。邓一鸣接过来，发现水碗腻滑，有没洗净的油腥。水应该是储存下来的雨水，似乎有异味。然而他欣然喝下，接下来再舀第二碗。第二碗喝下之后，已经感到胃的满足，他想止住，但是几天来对于水的经验实在是太深刻，他想他应该像骆驼那样，能够储存。于是他又喝了第三碗。之后感谢着出来，继续他的行程。

走啊走的，满肚子的水又早已化作云烟，他是以水计行程，他好比是船，需要水冲。由于肚子里有水，路过村子时，他没有再找水。如今没有村子了，他又开始渴望水。能听到流水响，在树的后边就是河，或是山泉，流不很大，应该清澈。那样的水是好的，或者甘洌如饴。但是，虽近在咫尺，却不能用。因为需要下坡与上坡，坡也不是很大，但现在对他来说，却是极大的挑战。他的目标在路上，不到万不得已，不得贸然。

又走又走，突然有一辆车停在了他面前，那人跳下车，问他是不是姓邓，然后忙着把食物与水给他。

这是徐崇智与孔祥新拦住的那辆车，车主把东西给捎了来。

已经弹尽粮绝的邓一鸣，突然得到给养，他觉得那车那人就是菩萨所化。而前面人的惦记，也让他深深感激，他心里有一股温热在流动。

这时已经是下午两点多，这是个重要的时刻，他应该制造一个重要的事件——他要庆祝一番。仪式要隆重，隆重的意思就是说，他不能如饥似渴地马上就食用和饮用，他必须郑重，必须坐下来。于是他坐下来，亦把焊在肩上的行囊卸下。然后开始吃东西、喝水。

一瓶脉动，一瓶矿泉水。他把那瓶矿泉水一饮而尽，他的豪饮，就像参加一次豪宴。

在这里有一个比较长的停顿，他也借此调整自己。

然后上路。

剩下那瓶脉动，他开始实行计划经济：十公里喝完，看着路边的路桩喝，一公里喝十分之一。计划归计划，实际走起来，汗液如浆，控制不住，只走了五公里，就把水喝完了。好在在一个村子遇到卖水的，买了最大包装的一瓶冰糖雪梨汁，靠这瓶梨汁，走到瓦房村神树。神树上包有一块红布，上面写着“保佑过往行人及车辆平安吉祥”。邓一鸣也在这吉祥里，只是他的水瓶空了。

他与水，水与他；或者人与水，水与人；或者水与生命，就这样紧密着。水是个什么东西呢？却有这样的本质力量。地球上百分之七十是水，人体里百分之七十是水，所有的生命体都与水不可分。没有水就没有了生命，所谓枯槁，所谓干瘪，所谓死灰，而生机总是与水同在。水在，生命在；水流动，生命也流动。子在川上曰：“逝者如斯夫！”这是孔子观水时对生命的感叹。关于水，佛陀说得更彻底：“如来藏中，性水真空，性空真水。清净本然，周遍法界，随众生心，应所知量。”水也是真空里的妙有。水在流动，水真在流动吗？其实流动的是波，水分子是不动的。就像走路，人在移动，但动中有不动，肉体在动，本质的人不动。就如《心经》上说的“是诸法空相，不生不灭，不垢不净，不增不减”，生灭乃幻化之相，不生不灭的那个东西才是真的。黄庭坚有诗说这个：“庄周梦为蝴蝶，蝴蝶不知庄周。当处出生随意，急流水上不流。”

邓一鸣行走艰难，但能够体察艰难的那个东西，却不艰难。

过了门限石，路向北折，公路左侧有一条河，田鹏、王睿、郭红霞、王秀杰四个人躲开公路的喧嚣，下到河边沿着河岸行走。水在，河就在；水不在，河就不在了。因为有水，河边生长着蒲苇、萍花等，水草葳蕤。水草间有鱼儿、蝌蚪、青蛙、卖油郎、蚯蚓、蟋蟀等等，万类生机。天上的白云映在水里，水里又是一重天，鸟也在水里飞。但天只在止水那里，流动的水里看不到天，只有清亮。他们踩着河边的泥土或者石头，一路逶迤。他们心情愉快，不知有疲劳，一时忘了是在行脚，于是嬉戏于水，与远处的青山一起，照相留影。走着走着，突然一条水横在面前，走不过去了，郭红霞蹚水过了，田鹏也蹚水过了，王睿与王秀杰正犹豫，怎么就有一辆机动三轮农用车，突然就到河里来了，他们是来拉石头？王睿与王秀杰就爬上了这辆车，过了这条河。

事后看照片，才知他们好悠闲，王秀杰竟然还有吹拂蒲公英的镜头。

小玉、李贵达、乔俊荣这几个，他们没有下河，而是沿着公路，轻轻松松，早已经到了前头。

◎ 山高我为峰

◎ 娇蕾点头迎客至

◎ 玉面含笑送宾归

走在前边的这些人，他们已经从腿脚的牢笼中解放出来，身与心有了比较靠近的关系，因此走起路来愈来愈轻快，眼里的风景也愈来愈明丽。今天这一天，他们一直在菩萨的微笑里，或者说他们的微笑如菩萨。

而我和见心，还是老步履、老节奏，一路走来没有爆发力。见心还有，我是一点没有。这就是老了吗？但也没有疲厌之感，其实这也是老的象征，有了一锥子扎不出血的迟钝。依然是走十里八里，一个小时左右，就歇一歇。歇息的时间或半小时，或十多分钟，也没一定。一切看需要。行行止止，止止行行，也不甚累，但也不轻松。所以我艳羡年轻人，前头的年轻人与后头的年轻人我都艳羡，连痛苦都是年轻人的好，是那样的敏感与鲜活。你看琳琳，累了可以哭，到高兴了却也可以跳起来。一路上她有好多次跳跃，双脚腾空，跳出来有两尺高。事后总结，田鹏还说我是核心，其实我是核，不是心。核是老核，硬且朽。

到了门限石拐弯处，刘见心到路边店去买水，我在前边走，后来发现他手上少了什么，我问："你的拄杖呢？"他说："丢了，买水的时候忘了拿。"我们也不知道田鹏他们会沿着水边走，即便知道我们也不去，那对我来说是奢望。按部就班，没有落在最后，就已经非常感激佛菩萨的加持了，同时也感激在我们后面的那几位，他们其实是在托举着我，不然的话，肯定是我在最后。当然，最后对我来说也没有什么，但肯定会让好多人担心。

走着走着，遇到徐崇智，他正坐在旁边看他的脚。这一路上，他已经好多次看他的脚了，他的脚已经不是脚，而是他的一块心病。他的袜子湿乎乎黏糊糊，弄上好些痱子粉，反着穿。他缠绕了那么多东西，甚至包括卫生巾，结果血水还是浸透过来，揭开看，模糊一片。

据说每次为脚消毒的时候，竟然呼呼冒泡。当老板这么多年，再艰难，好像也没有这样艰难，起码没有受过这么大的皮肉之苦。但他也真行，竟然一路走下来，身受会使他思考很多，心受更会。他倔强的心会因此变得柔软，文殊菩萨会加持他，使他的心在光明处。此行，对他来说，最大的缺憾是少走两天，少走两天不是少受两天罪，而是没有等到他的身心得到彻底转化就结束了。跟一切事物的规律一样，行脚其实是有拐点的，三天过去，到第四天就会有根本性变化。他跟大家不合拍，别人都已经转过拐点，他还在拐点那边，因此昨天晚上走大峡谷对他来说，他真的是在黑暗里，不是峡谷的黑暗，是他身心内部的黑暗。难怪他跟自己妥协。

我们跟他坐了会儿，帮着他看了一会儿脚，然后起步。又遇到孔祥新，孔祥新真的不错，她和徐崇智，一直在前边跟着大部队，是到了中午才落下来的。她是努力走的，走到现在她已经很吃力，一步一拐，此脚尖迈不过彼脚尖。但她一直不敢歇。

这时候，田鹏他们四个，欢跳着从公路左侧过来，越过栏杆到公路上。他们结束了河岸游走，与我们汇合，随即又超过我们，轻轻快快向前走了。

王秀杰没有跟着田鹏他们前行，她有意放慢了脚步，而跟我们几个前后相错。在一洗车处休息时，王秀杰把一只苹果送我。她说这是他们中午为小玉过生日的时候吃剩下的。

在五岳寨，韩小玉也曾把自己的问题拿给指陆师父：“我是不是把原来的自己弄丢了？”

师父说：“你为什么要找原来的自己？原来的自己是谁？是自己吗？你找的应该是真正的自己。”

何谓“真正的自己”？自从师父说过之后，小玉就在想，自己是不是太执着了？最近身体不太好，但这个身体是自己吗？身体只是我的，就像汽车与房子与金钱等等，是我的，却不是我。我不是这个身体，但我在身体之外吗？这是需要问的。这个问题弄明白了，心病就没了；心病没了，身病何存？

她就是带着这样的问题迎来了她的生日。

太阳真好，昨日之前的崎岖与暑热悄然退去，脚上的水泡也已经退隐。今天的韩小玉神清气爽，从一出发她就遥遥领先。在山西界那片开阔地上，她略事休息，有一辆从山西回来的轿车，见了小玉这样一副打扮，停下来问她话，然后对她说：“你们真好，真了不起，我佩服你。我跟上你吧，跟你到五台山，然后把你接回来，到时候我也有的说了。”一片话说得人心暖。她把这番话当成别人对她的生日祝福。

一路走在山西怡人的风光里，一个村庄连着一个村庄，一片庄稼连着一片庄稼，都向着韩小玉微笑。一切都好，从来没有过的好，她的心情像蝴蝶那样翩然，双脚也像蝴蝶那样翻飞，她把所有的人都落在了后边，甚至风。这样一直到了拐向五台山的路，在这里她等着后边的队伍。

在门限石乡的一个路边店，大队人马赶到。田鹏、乔俊荣、郭红霞、李贵达、王秀杰、王睿、崔春会、朱卫峰，八个人，来为韩小玉过生日。韩小玉有心把大家等齐，但是不可能，后面的人不知远在何处。八个人也可，连她一共九个。九乃久也，正好祝寿。一人一碗面、几只苹果，简单却殊胜。为什么殊胜？因为有菩萨，文殊菩萨肯定在；有他在，就过了一个大生日。释迦佛也有诞日，农历四月初八，他在生日那天说出“我”之本质：“天上天下，唯我独尊。”独尊一个“我”，一个真“我”，与天地宇宙一体的“我”。所谓生

© 姹紫嫣红开遍

日，乃“我”之所生，自己在哪里呢？在自己的生日里。找到自己，也便找到了全部时空。因此，后面那些人，所有人，包括飞鸟与虫等众生灵，也都在韩小玉的生日里。恰巧，那天，我们在上王庄吃的也是方便面，方便面也是面，也是在为小玉过生日。还有再后面的陈伟、程通，吃的也是面。只有邓一鸣没有吃，虽没有吃，但一步步也都在韩小玉的生日里。

吃完生日饭，韩小玉与乔俊荣、李贵达一起，沿着公路直奔五台山而去。

在洗车处与王秀杰等人正说着话，就见刘见心大踏步地上来了，那神情非同一般。他说他太有感觉了，一点也不累，轻快得很。

走到石咀乡，路边一大片房子，大概是将到五台山了，已经显露出了旅游区的氛围，卖香的摊子一个连着一个，有一座很辉煌的建筑，叫作金莲花禅文化主题酒店。将禅跟酒联系在一起，就有些别扭了。我、见心与王秀杰相跟着走，秀杰在前，我在后。天就要暗下来，但天空很亮，有云彩在天上，夕阳把它们照得五彩斑斓。走着走着，一回头，不见了见心，看到他进了“金莲花”，却不见出来。他是想住在那里吗？我须等他，让王秀杰先走了。

王秀杰沿着桥的左侧，一直向前，只她一个人，却也一点不孤单，她显示出来的是一种自信，一种力量。

王秀杰自己是一个世界，这个世界里还有她的丈夫夏卫，他俩共同着一个世界。原来出门，丈夫很少打电话；此次行脚，丈夫却天天打电话来，问情况。后来她知道，在她行脚五台的这几天里，丈夫有时也会找哥们儿聚一聚，但从来不喝酒，别人喝他也不喝，就因为她在行脚五台。他这样做，等于在陪着她走。而且还表态说，下次我也去。果然他去了，就在2013年的12月13日，田鹏组织大家行脚峨眉山，王秀杰与丈夫夏卫都去了。此是后话。

王秀杰就有这样的好因缘。

走着走着，她也发现了天上的好云彩；比云彩更好的，是在左手边，她突然看到一只鹤——白鹤，在夕阳的照耀下，似乎成为金色的了。那只鹤从她眼前飞过去，飞向五台山。

见心终于来了，原来他是到酒店里头去解手。

与见心会合后，徐崇智与孔祥新也走到了我们跟前。这两个人步履蹒跚，已经很无奈。

孔祥新虽然走得慢，但她的心已经从沉闷中走出来，她一直在为第一天惭愧，似乎犯了很大的错。因此从第二天起，她就努力跟上队伍，虽然身子有点歪，腿有点瘸，却一直在队伍的前半部。这也有点像她做的事情，比上不足，比下有余。然而这不是她的本心，依她本心，她应该最棒。其实她已经够棒了，是期望值让她觉得不棒。人不能没有期望值，但期望值一定要与自己的心量、心力相匹配。就如穿鞋，多大的鞋好呢？鞋的大小是根据脚说的，鞋无大小，合脚最好。此次行脚，体现在脚上，所有的人都穿了合脚的鞋，孔祥新也是。她穿了一双38码的鞋，但是从第二天下午开始，她就觉得鞋小了，第三天尤其有感觉。第四天，夜走盘山道，脚和鞋的矛盾更突出了，因此走起路来很不得劲；也已经不是不得劲的问题，而是非常难受。是鞋小了吗？不是，是脚大了。其实在通知的时候就说了，鞋最好是大一号的。为啥？因为长时间走路，脚上的血液会充盈，脚会胖一圈。果然是的。孔祥新是大脚穿小鞋，夹得难受。由脚联系到腿，腿上的老病，股骨头那儿非常有感觉。这里有感觉不可怕，可怕的是由此影响到情绪，影响到心。心力疲弱下来，是最可怕的。因此今天一早，她穿了小玉的一双鞋，小玉的鞋大，40码。一开始觉得宽松，但是，走了一段之后，感觉大有大的问题，同样不舒服。但也只能这样凑合着走。

孔祥新显给我的是一副痛苦的面孔，她对我说："我不光脚疼，腿还疼。"孔祥新与我不熟，且年龄有差距，如果不是到了十分痛苦，她是不会跟我说的。

我说："临出发，法师不是说了吗，诵菩萨名号。"

她说："我诵啊。"她肯定是诵，也只有诵，她才能走到现在。但是，我却不能在这关键时放过她，须知百尺竿头还能更进一步，说不定绝处逢生，就在此刻。

于是我说："你不真心！你真心念，念起来走，没有问题！"声音很大，口气里透着决绝，甚至有几分凶狠。

说完之后，我跟见心就走了，丢下她与徐崇智。

也就十分钟或者十分钟不到，就听见后面"沙沙"的声响。回头一看，原来是孔祥新。只见她昂头挺胸，器宇轩昂，大步流星走过来。跟我们相错的那一刻，她本该说句话的，但是她并没有说；不是她不想说，而是怕破坏了这种状态。

她超过了我们，大踏步前行。

我大声对她说："你看，怎么样？走，没有问题！"

随后我又对见心说："你跟上她走，你走多快我走多快。"

见心抖擞起精神，跟着孔祥新。我们三个人，一二三，唰唰唰，等距离走。夕阳西下，天空有晚霞。我们也顾不上欣赏，只一心在境界里。

天黑了，朦胧中一个大的石牌坊矗立在面前，以此为标志，五台山到了。这里属金刚库乡，看到墙上有金刚库派出所的牌子。

金刚库与金刚窟是个什么关系？

金刚窟有故事。

唐大历二年，无著禅师到五台山，在华严寺挂单。这天游般若经楼，见一吉祥鸟，从其头顶经过，飞向东北。第二天，又见白光两道，自东北来。东北方向是楼观谷，楼观谷左侧崖畔上有一自然生成的岩洞，名金刚窟。相传此窟乃文殊密宅，藏有赖以救度众生的“七宝乐器”“钟”“箜篌”“星宿劫二佛全身宝塔”“银纸金书及百亿四天下文字”等五类法宝，神奇无比。无著心动，欲见文殊菩萨，于是往金刚窟。在洞口礼拜后，便于石上敛目静坐。此间忽听有人叱牛饮水之声，开目，见一老翁，正牵牛饮水。无著忙施礼，问老者何来。翁答：“我从山外驮粮回来。”并问无著：“仁者何来？到此何事？”无著答：“听说有金刚窟，来礼拜圣迹。”翁邀无著到其精舍参观，乃牵牛前行，无著随之。到寺前，翁喊“均提”，有童子应声开门，从翁手中接过牛绳，牵牛入寺。

翁坐禅床，指一锦墩命无著坐。童子献茶，又上酥酪。

翁问：“近自何来?”

无著答：“南方。”

翁问：“南方佛法如何住持?”

无著：“末法比丘，少奉戒律。”

翁问：“多少众?”

无著：“或三百，或五百。”

无著问翁：“此间佛法，如何住持？”

翁答：“龙蛇混杂，凡圣同居。”

无著：“有多少众？”

翁答：“前三三，后三三。”

翁拈起玻璃盏，问：“南方还有这个否?”

无著：“没有。”

翁曰：“寻常将什么吃茶?”

无著无对。

无著看天色稍晚，遂问翁：“拟投一宿得否?”

翁曰：“你有执心在，不得宿。”

无著：“我没有执心。”

翁问：“你受戒没有?”

无著：“我已受戒多年。”

翁曰：“若无执心，何用受戒?”

随即命无著下山，并赠偈曰：

一念净心即菩提，胜造恒沙七宝塔，

宝塔毕竟碎为尘，一念净心成正觉。

并命均提送无著下山。

童子送出寺门，无著问：“此寺何名？”

童子笑问：“刚从何来？”

无著答：“金刚窟。”

童子曰：“金刚之下何字？”

答：“般若。”

童子曰：“此即般若寺。”

无著又问：“前三三后三三，是多少？”

童子召唤：“大德!”

无著应诺。

童子问：“是多少?”

无著恍然悟知，身后乃圣境，老翁即文殊菩萨化身。痛惜不能再见，于是稽首童子，乞赐一言。

童子歌曰：

> 面上无嗔供养具，口里无嗔吐妙香，
> 心里无嗔有珍宝，无染无垢是真常。

无著抬头，顷刻间童子与寺皆失其所在，但见五色云中，文殊乘金毛狮子往来，忽有白云飘来，覆之不见。这个时候，正好有沧州菩提寺的一位叫修政的和尚行脚到此，看到了这一幕。

金刚库—金刚窟，是一个地方，还是两个地方？不管是一个地方还是两个地方，相信文殊菩萨在呢。

金刚窟里的文殊菩萨，您看到我们了吗？

天凉了，五台山是清凉界，现在已经显露出来了。见心还穿着短裤，他要换长裤。我们就停下来，而孔祥新头也没回，径直走到夜色中去了。

后来知道她追上了前面的队伍，所有人见到她的焕然、昂然与决然，都大为惊讶。

而前边的人过石牌坊的时候，正是天上最好。此时夕阳西下，天上的云大放异彩。原来白的薄如纱衣的云，突然变成金色，其形千状万状，有的如凤羽，有的如宫殿，有的如仙袂，如树，如山，如龙，如金翅鸟……千变万化，美不胜收。每个人都照下了好多照片。其时也正是七月看巧云的时候，但在石家庄周边，近年多雾霾，很少见到这样的云了，所以新鲜。再是，因为这里有文殊菩萨，人们会将此云看成瑞彩，有着无尽的殊胜意思。也果然是瑞彩，单是这天空，就真的与别处的不同，似乎那天上可以居住，而居住的人也可以是我们，

◎ 黑夜给了我黑色的眼睛，我却用它寻找光明

而我们顿然也会跟神仙一样着紫衣。此时的五台山为蓝黛色，在这金色的天空下，安然燕处。

五台山脚下，路两边皆是门市，灯影中看到的人已经多是旅客。我们下榻的地方叫作“一品土豆”，这名字也真怪。我和见心到了，此时是晚上9点13分。田鹏等人给照相。相片发到微信上，见心的爱人看到了，说：“哎呀，真是见心！”

随后大龙夫妇、徐崇智也到了。

说是不惦记，其实一刻也没有忘记邓一鸣，天已经这么黑了，这一天也没有见到他，也不知道东西捎回去了没有，他见到了没有。他现在的状况如何，走到了哪里，身体能否支撑，一切均是悬念。

饭后，我们决定去接一下邓一鸣，还有陈伟和程通。

朱卫峰开车，我和田鹏离开“一品土豆”沿路回溯，盯着路上行人。十多里之后，看到了陈伟和程通，他们在黑暗中走着，倒也看不出多疲倦。把他们喊住，问他们看到没看到邓老师。他们说看到了，就在后面。陈伟的话，让我暗暗吃惊，我以为邓一鸣会在好远好远的远处，没想到他就在后面，他竟然没有被我们落下多少！他是怎么走的呢？

让陈伟他们先走着，车继续回溯，走出几里地，看到了左侧一个人影，双手拄着拄杖，在一步步捱。捱，比挪还要艰难。但是，这移动，却又是磐石的移动或者松柏的移动，透出了一种坚强和真实，那是一种静，一种自己与自己的默默相守。他只是在走，走便是目的，自己便是目的。因此，车流也好，人流也好，对他无影响。平时的荣辱得失高低进退，亦全然消隐。一个纯然的自己，从尘秽中剥

◎ 佛国祥云

离出来，浑圆无缺，这就是全部的自己。全是自己了，也就全不是自己了。全不是自己了，也正是自己。邓一鸣在自己的时空里，无我无人。我们的车停住，调头，灯光照射着他，他也不觉得，头也不抬。车调回来，跟在邓一鸣身后，灯光照着，他也全无察觉，因此不理会。田鹏下来，在后面给他拍照，一张又一张。邓一鸣拖着沉重的双脚一步步在蹭着地走，灯影里的他，真的让人感动。直到田鹏到了他前面，跟他说话，才把他从境界中唤回。

也真是好。多年没有走在这样的夜空下了，童年的记忆依然在天上。邓一鸣一直在走，过了门限石，天近黄昏，西天有云霞，西侧有流水，西北就是五台。文殊菩萨在那里，也在这里。如果把文殊菩萨放在心里，他就哪里都在；如果不把文殊菩萨放心里，他就哪里都不在。邓一鸣独行侠一般行走在路上，车与人只是影子，或者连影子也不是。天完全黑下来，或者说是地黑下来，而天空是亮的，无数的星星在天上，灿然焕然。邓一鸣猛抬头，略略吃惊，多年在城里，浑茫中已经忘失了这些星星，如今重见它们，有恍然隔世之感。像当年一样，在众星中，他搜寻到了北斗星，七颗星成勺状——可以掬酒浆的那种勺，可以掬水的那种勺。一路上喝水太多太多，自己已经是水做的了，整个心如止水，心周围也是水。天上所有的星辰都映在心里，千江有水千江月，他是“一处有水一处星”。如今的他，回归到了童年，天真与纯净依然。多年的尘嚣浸染，以为心已苍老，结果没有，而是新鲜如初。这由星斗为他证明，他也证明那些星斗。静水其人，星斗其文，这使他激动，且在激动中益发沉静。

这时有车停下，司机让他上车。他说，我们就是走路的。

这样说时，他的心依然在星斗那儿，依然在童年那儿。他不需要车，他自己就是车，那根拄杖，跟当年胯下的那根青秫秸一样，可以

◎ 白云作证

当马骑。

邓一鸣已经在车上，这表明行脚五台的路已经圆满，明天就上山了。很快追上了陈伟和程通，他们却不上车，要坚持走到终点。

昨天，陈伟与程通走得特好，应该说他们已经找回了自己。只是这一天太长了，早饭没有吃，晚饭也没得吃，其实只吃了一顿饭，却走了那么长的路，太疲乏了。因此一睡下去便醒不过来了。今天早晨，他们起得最晚，起来就走，比邓一鸣略早。但他们走得快，到山西界，特高兴，两个人照相留念。之后一个村一个村走过去，在一个村庄的小卖部里吃了包泡面，然后找了个地方，铺上雨衣休息。没想到，一闭眼睡了三个小时。

走到天黑，苍茫之间，也不知五台山还有多远。前面的人是不是早就到了，而后面只有邓一鸣老师一个。但也不知道他在哪里。有一种无依无靠的感觉。程通说，要不，咱租个车？陈伟不同意。程通真问了一下，包个车二百。要不搭个车？陈伟也不同意搭车。正在这时，邓一鸣走过去了。邓一鸣的出现，让他们一下子警醒。见了邓老师，也让他们有了力量。他们走起来，并很快追上了邓一鸣。走到高速口那儿，有一辆车停下要拉邓一鸣，邓一鸣说："不用，谢谢。我们就是走路的。"

这句话让陈伟与程通特惭愧也特感激，亏了没有搭车，关键时刻应该说是邓一鸣救了他俩。在他俩的心目中，邓一鸣老师是榜样。

如今，他们要再一次证明自己，他们是有韧性、有力量的。几天来的历练，经过了从弱到强、从死到生的过程。几近屈服，却最终没有屈服；几经彷徨，却到底迎来了坚强。不上车，即便远也不上，何况不远。田鹏对我们说："我跟他们一块走。"看到两个年轻人的成长，田鹏也非常高兴。他们三个相跟着走。陈伟与程通突然来了劲，他们甩开了臂膀，大踏步行进在夜色里，田鹏给他们照了一张相，这张相记录下了他们最帅最光彩的时刻。从此不要说他们走在了最后，而是笑到了最后。相信他们的一生中，也不会忘了这一刻。

这即是五台山了，连土豆都是一品的地方，我们住下，等待明天的朝圣。其实也不是明天，佛菩萨无时不在，无处不在；你朝他在，你不朝他也在。虽然在，却也似不在。因此要朝礼。朝礼才在，不是佛菩萨在，是自己在。自己在了，佛菩萨才在。

自古以来，朝礼五台者难计其数，曾有多人亲见文殊。

讲几个故事你听：

五台有灵鹫寺，每年春天，必设无遮大会，诵经拜忏，凡参加者须随喜功德，凡有所求，皆能满愿。时在北魏，法会期间来了一位贫女，带着两个孩子，牵着一条狗。贫女剪了一束头发交给执事说：“我无物可施，仅此而已。”执事收下了。贫女又说：“我时间紧迫，等不及开饭，先吃好吗？”执事给了三份饭。贫女说，狗也得吃。于是再给一份。贫女说还欠一份。执事说，连狗的都有了，为何还欠一份？贫女指着肚子说：“还有一个，尚未出生！”执事烦了，斥其贪得无厌。正斥责间，突见贫女跃至虚空变成文殊，狗变成金毛狮子，二子变为侍童。文殊说偈云：

众生学平等，心随万境波；
百骸俱舍弃，其如憎爱何？

法会大众，有眼不识菩萨，生大惭愧，顶礼忏悔，再求开示。文殊菩萨偈曰：

持心如大地，亦如水火风；

无二无分别，究竟如虚空。

说毕隐而不现。众人将文殊菩萨所施秀发建塔供养。明万历年初，塔坏，圆广法师发心重建，掘得大士圣发数根，呈金黄色。

唐大历年间，有一位法照法师，挂单衡州云峰寺。一日在斋堂食粥，钵中忽现彩色祥云，云中有寺巍峨，寺额题有金色大字“大圣竹林寺”。两天后，钵中又现殊妙景象：亭台楼阁，庄严殊胜，金沙布地，宛非人间，文殊菩萨与其圣众皆在其中。直到吃粥完毕，才隐没不见。法照心疑，询问诸僧，知是五台山圣境。

法照遂起朝礼五台之念。

两年后，衡州湖东寺，启建九旬五会念佛道场。六月初二下午，法照于寺内高楼，遥见祥云，云中出现楼阁，阁中梵僧身高丈余。阿弥陀佛与文殊、普贤二大菩萨，高座于中，直至酉时始渐隐去。当晚法照在道场外，见一老者。老者对他说：“你曾发心往五台山，为何不去？”法照答：“路远难达。”老者言：“但决定去，便无困难。”

这年八月十三，法照法师自南岳与人结伴行脚，次年四月五日到五台山。同行者皆见佛光寺有数道白光。第二天到佛光寺，所见一如钵中所现景象。当晚，有一道毫光，自北山飞下，射法照法师身。询问寺僧，谓是“大圣不思议光，常照有缘人”。法照法师向东北行50余里，果有一山，山下有涧，涧北有石门，门前有两个青衣小童。见法照法师来，即欢喜问询引入门内，向北走数里，到一寺前，额题大金字：“大圣竹林寺”。寺广约20里，有120进院。院内皆有宝塔，殿阁庄严，黄金为地，流渠花树，充满其中。法照法师进入讲堂，见文殊在西，普贤在东。各据狮子高座，宣妙法音，左右围绕闻法菩萨圣众万余。

法照顶礼二大士，请问："末代凡夫，去圣遥远，未悉该修何法门？"

文殊菩萨答："诸修行门中，无过念佛，供养三宝，福慧双修，最为径要。忆我过去劫中，因观佛故，因念佛故，因供养佛故，今得一切种智。是故一切诸法般若门，乃至诸佛，皆从念佛而生。故知念佛为诸法之王，汝当念诸法之王，无令间断。"

法照又问："当如何念？"

文殊答："此世界而西，有佛名阿弥陀，彼佛愿力，不可思议，后世众生，有称其名号者，命终之后，决定往生彼佛国土，速证菩提，永不退转。"

随后二位大士，各舒金手，为法照摸顶授记。

文殊菩萨又言："汝可到别院去巡礼。"

法照到七宝果园，见园中果子其大如碗，摘而食之，身心泰然。

最后仍由二青衣童子送出门外，瞬间即失其所在。

法照悲感不已，因立石为记，据说此石至今仍在。

五台山就有如此殊胜，如此玄妙，有谁听了不神旺？有谁听了不神往？

文殊菩萨是个怎么来历呢？

说文殊之前，须先说菩萨。菩萨乃梵语菩提萨埵的省简，译成汉文，则为"觉有情"，能让一切有情众生觉醒、觉知、觉悟。既能自觉，又能觉他；既能自利，又能利他，乃为菩萨。为了自觉、自利，于是上求佛道；为了觉他、利他，所以下化众生。佛陀乃觉者，如果

说佛为本体，那么菩萨为用。打个比方，如果众生是花朵，那么佛陀是太阳。太阳与花朵之间的阳光，即是菩萨。再打个比方，佛陀好比电，而菩萨如电器。佛陀如如不动，菩萨善作善为。比喻蹩脚，知道这么个意思即可。因此中国有四大名山：五台、峨眉、普陀、九华。分别驻着文殊、普贤、观音、地藏四大菩萨，四大菩萨依次象征着大智、大行、大悲、大愿。这也即是众生在觉悟的路上，所必须坚守的：智、行、悲、愿，缺一不可。因此菩萨与众生关系密切，当一个人，一旦发起菩提心，即可以菩萨称之。所谓菩提心，即是慈悲心、怜悯心、仁爱心、救度人的心，让人从困境中脱离出来，让人从窘态中脱离出来，让人从苦楚中脱离出来。为此所做的一切努力，即是菩萨行愿。因此，不要小看平时生活中我们所发出哪怕是微小的益于人的心念、行动，虽小，也是菩萨心的闪现。菩萨是慈悲的，因慈悲而广大，因广大而光明，因光明而众人仰之。

文殊菩萨是智慧的化身，是光明的再现。他久已成佛，是为了觉悟众生，他才带果行因，本其无上智慧，广作无边佛事。在十方佛土中，他会现种种身，说种种法，度种种众生。尤其在我们这个灾难深重的娑婆世界，文殊菩萨更能显示他的功用。娑婆世界，为什么称五浊恶世？劫浊、见浊、烦恼浊、众生浊、命浊，无一不浊。浊即是不清，不明，对于本身的生命，对于人与世界的关系，无论各个层面，所有的知见都是错的，不明了的，错的却不以为错，不明了的却以为明了。因此愚痴，因愚痴而生苦恼，因苦恼而生嗔恨，因嗔恨而自毁生命。

曾有盲人问天上情景，人告知日、月、星辰等。盲者不信，问及一伶俐者。伶俐者说：“别听他们瞎说，天上只是一片黑暗。”盲者听后大放心，说：“亏了问到你，不然到死不明白。”愚痴者任他愚痴好了，何必苦心救拔？菩萨却不忍，这便是菩萨的悲心所在，愿心所使。哀其不幸，切切殷殷，难救也救。我们不缺智慧，我们只是缺少通往智慧的通道。而菩萨善作导引，他指给我们光明所在。他是该了我们的吗？

有了智慧，就没了愚痴；有了光明，就没了黑暗。有文殊菩萨在，智慧就在；智慧在，光明就在。因此凡是说大乘般若经的时候，佛陀身边必有文殊菩萨。

你看《华严经》中，一佛与二位大菩萨共演大教，名华严三圣。一佛是释迦牟尼的法身毗卢遮那佛，二大菩萨是文殊菩萨、普贤菩萨。文殊般若自在，普贤三昧自在。文殊执掌佛的智慧宝藏，普贤推展佛的广大行愿，所谓：文殊述德，普贤启行，同辅毗卢遮那，教化当机众生。

你看《法华经》中，释迦佛放光现瑞，包括弥勒菩萨在内，都不知道此是何征兆，只有问文殊。文殊说："如我惟忖，今佛世尊，欲说大法……"果然佛陀开演《法华经》。于此经中，文殊菩萨示说在龙宫以《法华经》教化众生之事：无量龙众顿成菩萨，八岁龙女迅疾成佛。由此感召娑婆世界无量众生发菩提心。

在《楞严经》中：阿难示堕淫室，在将毁戒体之际，又是文殊菩萨，将持佛顶神咒，前往救护。并提将阿难及摩登伽女归来见佛，佛陀为了教化阿难，由此才有了这场殊胜无比的楞严法会。阿难在明心之后，请问圆通本根，佛陀即令二十五位圣贤，各说圆通法门。种种法门，都是好的，哪一种更适合娑婆众生呢？关键时候，又是文殊将此说破："此方真教体，清净在音闻。"以音声耳根为最方便、最玄妙。

在《维摩诘经》中，维摩诘居士示疾，佛派遣各大弟子，前往问疾。十大弟子，由于智慧不够，不敢去见。也是文殊前往：文殊菩萨率领八千菩萨，五百声闻，百千天人，入毗耶离城，到维摩诘丈室，二位圣人，共演妙法，一时天花乱坠。无量当机，遂得不二法门。

这就是大机大用的文殊菩萨。

文殊菩萨来历深远，《大乘心地观经》言：

文殊师利大圣尊，十方诸佛以为母；
一切如来初发心，皆因文殊教化力。

《放钵经》中，释迦曾言：“我今得佛，是文殊师利之恩也。过去无央数佛，皆是文殊师利弟子，当来者亦是，其威神力所致。譬如世间小儿有父母，文殊者佛道中父母。”为什么是佛父母？佛者觉也。人怎么觉悟？靠般若波罗蜜。六度万行，般若为眼目。若无智慧，好事也会做瞎，好话也会说坏，好人也成痴汉。不用说修行，即便普通日子、凡人生活，无论做大事小事，智慧是最重要的。就是世间小智小巧，也是依智慧而生。因此文殊菩萨来至娑婆世界，乃是为众生做眼目、指方向的。

五台山，乃是文殊菩萨永恒的微笑。菩萨一笑，便成莲花。五台山的五个台，不即是五瓣莲？且花色因时而变：春季是红莲花，夏季是青莲花，秋季是金莲花，冬季是白莲花。

懂得了这个，就懂得了五台山的好。

懂得了五台山的好，就懂得了朝五台山的好。《文殊经》上说：“若人闻此五台山名，入五台山，取五台山石，踏五台山地，此人便有福报，积累功德，超四果圣人。”朝礼五台，就有这么大的功德、效用。为什么呢？因为智慧。

那么文殊真在五台山吗？这里又有一桩公案：

华严宗初祖杜顺和尚，居止长安，德重当时。弟子智冲，执意朝礼五台。临行前，杜顺老和尚密封一信，交给智冲，说：“到五台之后，见不到文殊再拆阅。”智冲到了五台，遍寻不见文殊。遇到一老翁，老翁对他说：“文殊下山弘化，杜顺和尚是也！”转身之际已不见老翁踪影，急拆密函，信里有一偈云：

游子漫波波，台山礼土坡；
文殊只这是，何更问弥陀！

智冲急忙往回赶，回到长安城，杜顺老和尚已经圆寂。

智冲怅惘若失，不知所以。

这智冲，只知五台有文殊，不知长安城也有文殊。知道了自己的师父是文殊，知道不知道那老翁是文殊呢？

无著朝五台对了，智冲朝五台就错了吗？如果智冲不朝五台，能知道师父是文殊吗？文殊菩萨看来也是个好开玩笑的，他在逗机巧，在让你思考：到底文殊在哪里？到底谁是文殊？

这一夜，我们在文殊菩萨的怀抱里，睡得好安稳。

我与莲花同日生

醒来，已是清晨。灿灿阳光，照着四周蓝黛色的山峦。一行人，行囊里装满了异常的兴奋与向往，沿着蜿蜒的路，朝着五台进发。其实，从昨晚起，我们已经在五台了，但那是概念上的五台，具体的五台，是南台、北台、东台、西台还有中台。整个五台山，由一系列大山和群峰组成，山势雄伟，连绵环抱，方圆达250公里，总面积592.88平方公里。我们这次，按照预想，不可能遍朝五台，只能是在去圣宝山的路上，随缘见胜迹。

脚下是土路，四面都是鲜花和绿草，远处是山，近处也是山。山上有成片的松，天上有白色的云。有鸟声与流水声，也有村落在山沟里。还有高处的庙宇，红色的屋顶，让人起恭敬心。突然见到一位藏传佛教的僧，大步流星，一下子就超过了我们。他是从西藏来的吗？深红色的僧衣，和古铜色的肤色，让人想到了遥远与神圣。

转过几个山之后，我们到了佛母洞。

佛母洞人很多，都在排队，要进去恐怕需要很长时间。我们在佛母洞前边的院子里，向佛母顶礼，就不再进洞了。之后到白云寺，中间要下很多很高很高的台阶，1680磴。这对于我们这些人来说，真也是考验。大龙像猿猴那样用四肢倒着走，见心也在倒行。田鹏引用布袋和尚的偈诗说见心：“退步原来是向前。”这也真贴切。于以前的

◎ 山乃莲瓣

◎ 佛母洞：让人重生的地方

见心来说，他现在就是在后退，现在的后退却也正是向前。

我们是在朝下走，而更多的人是在朝上走，都是来朝佛母洞的。在尼泊尔释迦佛的诞生地悉达多市，有佛母祠，当年我们曾经在那里亲谒。佛母祠里有着佛陀当年留下来的脚印，如今连同那块泥土，盛放在一个密封的由玻璃钢制成的匣子里，供人瞻仰。五台山的佛母洞，却有又一重含义：到过佛母洞的人，等于重生一次。

下了台阶，到了平缓的路上，路两侧竖立着一尊尊汉白玉的阿弥陀佛雕像，路旁的音箱里也放着南无阿弥陀佛的名号，使人感到了佛国庄严。汉白玉佛像一尘不染，但是蜘蛛不管这些，竟然爬到了佛像上，身上的不说，有的还在脸上，在面颊上，甚至在眉心上。是那种长腿的蜘蛛，它们站着不动，八条腿排列整齐，很有艺术性，倒成了佛像上的点缀。佛像是石头，石头却是佛像，而佛像上的蜘蛛是什么呢？

到了白云寺，大家进去，参谒礼拜，转了一圈之后，在西厢廊下，已经坐着乔俊荣、王铁亮等人，乔俊荣在这里静静地跏趺而坐。

这乔俊荣，一直在前边作领队，一路念着佛菩萨名号，念着文殊心咒，应该说一路清凉。但是，后来他说，他也有情绪，特别是当田鹏批评过之后，心里也有委屈：你让我在前边走，我即在前边走，为什么还是批评我？但委屈时间不会长，心里就想明白了。不过他说，到了五台山脚下，就要大功告成的时候，心里却突然没了着落，好像百米赛跑就要冲到终点的时候却找不到那根线，自己也不知道到底为什么。

在白云寺，乔俊荣心情渐渐疏朗，因此趁此闲暇，来到庑廊打坐歇心。这时一位背着行囊的出家师父过来，对他说：“你坐得很规矩，不过像你这样坐很难成就，太僵了。”说着他就坐到了乔俊荣旁边，指导他打坐，“头顶要直，直而不僵；全身要松，松而不懈。没有对错，没有好坏，没有美丑，没有分别，让心宁静下来。打坐的过程是面带笑容的，那是自然产生的，由喜悦所致，像是莲花开启那样，无心却有意。”

乔俊荣问师父：“500里地，一路走了下来，为什么还是有烦恼？”

师父说：“因为有执着。执着自己认为对的东西，而忽略了别人的感受。”

师父的话竟如杲日，一下子照破云翳。他是执着了某种东西，只是一点，虽是一点，却也障目障心。乔俊荣由此对师父心存感激。

王铁亮等人，也跟着乔俊荣同尝甘露，心得真味。在将离开时，王铁亮问师父宝刹何方，师父说他从山东济南来，也愿诸位有一天能到济南去。王铁亮与乔俊荣给了师父一些供养，然后鞠躬告辞。他们走开之后，这位师父又从后面追上来，送给他们每人一个苹果。

给予乔俊荣力量的，除了家人、未婚妻、朋友之外，还有一个人。这个人给予他的力量也许是最大的。这个人，一直在关注着他，关注着这支队伍。是谁呢？就是队伍出发时，在真际禅林门外一直望着队伍前行的那个女人。

她叫马雪琴，48岁，那天她来真际禅林听明勇法师讲法，在门口见到这样一支行脚五台山的队伍，不由心生敬仰与感叹。队伍即将出发，她急着就朝队伍里搜寻，看有没有熟面孔，结果发现了乔俊荣。她不知道乔俊荣的名字，但肯定见过，应该是前不久在艺术中心听一位法师讲经的时候见过。于是她拉住乔俊荣，一定要跟乔俊荣说句话。她向乔俊荣表达了对这支队伍的敬佩与赞叹，然后嘱咐乔俊荣一路上定要持诵文殊菩萨名号和文殊心咒，以真诚的心来感应佛菩萨的加持。乔俊荣深深点头，表示一定谨记在心，然后把自己的名片给了她。

从8月4日到8月9日，马雪琴自始至终关注着这支队伍，每天给乔俊荣发短信，表达自己的殷殷之情。这里选几段她的短信，通过短信即可测知一位三宝弟子的至真情怀。

8月4日22点22分：

很欣喜。阿弥陀佛！其实您是踏着当年虚云老和尚的足迹的，也定能感得文殊菩萨的接引！不知您今天有没有疲惫，如果一直持文殊菩萨名号或心咒，疲惫感会消失。多补水。愿您内心清凉。

8月5日5点23分：

晨露朝阳日日新，大悲大智久蕴心。灵山法会今犹在，福慧践约普贤行。加油，师兄！愿今日之莲花盛于昨日。

8月5日15点34分：

大德师兄及您团队的每一位菩萨！如果可以的话有愿您的行李放到我的肩上以减轻您的负担。如果您有一点脚疼有愿替您承受。您的一切我都愿替您来承受与分享。只因我们本来就是一家人。我们共同是佛子，同求证菩提，能有这样殊胜的因缘朝拜大智文殊菩萨是难遭遇的。感恩您和您的团队的每一位菩萨！祈愿您与文殊菩萨的心相应……

8月5日21点04分：

大德师兄净启：愿以持诵《大悲咒》108遍，《一切如来心秘密全身舍利宝箧印陀罗尼经》一部，“施食”“超度”之功德回向：南瞻部洲中华人民共和国从河北石家庄真际禅林出发至山西省五台山行脚的18位菩萨，业障消除，所愿皆满，福慧绵长，早证菩提！其实我们脚上的每一个泡泡都是来给我们消业的，无始劫来的业我们自己也不知有多少，一个泡泡就是我们的消掉的大障难，是很划算的，您感觉呢？马雪琴合十！

8月6日6点23分：

慧日初升照大千，十八真金心意坚。拔众生苦娑婆界，文殊大智溢心间。祈祷龙天护法护佑，诸佛菩萨加持诸位菩萨身心轻安！依然诵持《大悲咒》《一切如来心秘密全身舍利宝箧印陀罗尼经》回向诸位英雄业消智朗，所愿皆满，福慧绵长，早证菩提！加油，师兄，您是最棒的！诸佛菩萨的加持力是不可思议的。

8月6日17点00分：

定要多补充水分。当年唐玄奘西去天竺根本没有路途可以安排，也许是因为您的团队之间有这样的缘分，需要在一起多相处一天。任何事情都不是偶然的，感恩一切。意外的时候也定会有意想不到的收获。时刻警醒自己，随缘。愿心清凉！其实我感受到的是虽然短短几天，应该是人生的缩影。走弯路是太正常了，重要的是我们自己这颗心的感受。师兄啊，安住善念，相信这是佛菩萨的安排。敬礼！

8月7日6点07分：

致礼师兄！尽管今天又有新一轮的考验，只有面对！最难过的一定是自己这关！您始终是与众不同的，是最优秀的。向前的每一步都更接近我们内心的目标，就像人生一样。只有经历过才知道其中的苦辣酸甜。加油，战胜自己！您的战友马雪琴。

8月8日17点41分：

愿柏林寺的钟声带给您和团队无尽的吉祥！

8月9日8点22分：

师兄，经过磨砺终究到达了，梅花香自苦寒来啊！

通过短信，即可看到这位马居士真诚宽广的心，亦可看到乔俊荣的心路历程。行文至此，我特别感激这位马居士。几天的行脚，乔俊荣还有我们的团队其实一直都行进在马居士的心里，走了几百里，也没有能走出她的胸怀。每天持诵108遍《大悲咒》和一部经，来加持这支队伍，这容易吗？也不是容易不容易的问题，这是她的一种自觉，是她对自己负责的表现。她是在做自己，连我们这些人也成了她自己。我们在走，她也在走。她是用另外一种形式在走：我们向外走，她向内走；我们走到高处，她走到宽阔处；我们见文殊菩萨，她同样见文殊菩萨；或者她不用见，她自己就是文殊菩萨。何谓文殊菩萨，般若智慧是，大慈大悲是，勇猛精进是。将别人视为自己，这是般若智慧；顾及别人，爱护别人，给别人以快乐，救拔别人于苦难，这是大慈大悲；而能这样做，就是勇猛精进。当从五台山回来，乔俊荣将马居士的事情告诉大家的时候，我们都很感动。

出了白云寺，我们来到一个地方等车，准备到圣宝山去。这时发现我们的队伍后面突然有一辆车跟着。原来这是夏卫的车。夏卫为践约而来，他到五台来接爱妻王秀杰。

田鹏给圣宝山的会刚法师打电话问路，会刚法师说圣宝山在金阁寺的后面，翻过山就到。到了金阁寺山门前面那座巨大的木牌坊，见牌坊正中上方有四个镏金大字：金阁浮空。穿过牌坊有高高的台阶通山门。然而牌坊正在维修，不能过去，只有从左侧的偏门绕过去。田鹏让大家在牌坊对面的影壁下卸下行囊，由几个人先到金阁寺，看上山的路怎么走，然后大家再行动。我也跟着。先爬一段山路，过一石砌阁楼——炉香阁，然后到山门，“金阁寺”金色匾额挂在山门上。据说宋代宰相张商英来朝五台山时，在此见到金阁、金桥、金色项轮，认为是文殊菩萨显圣。是不是从那时起，这里才叫金阁寺呢？金阁寺是由唐代不空三藏创建的中国最早的密教中心。金阁寺里有全五

◎ 色即是空

◎ 圣宝山的呼唤

台山最大的观音像。当时并没有时间看介绍，而是问山门前一位卖香的老汉，通圣宝山的路怎么走。他指给了道路：在寺的右侧上山，没有路，向上爬就是。

于是招呼大家爬山，非但没有路，而且还须越过一段高墙，腿脚好的能攀上去，那些有脚伤的就难了。于是有的人绕道进了金阁寺，看能否从别的地方上山。

山上不远，过了一丛丛的树，是一片塔林，大小有八座塔。田鹏、朱卫峰、琳琳、王铁亮等过去拜了。人们四散着上山，山上远看是绿色，近了却到处是花，各样的花，金色的金黄色的红色的蓝色的，简直是花的海洋。由于海拔高，植被不高，却也葱茏。也有植被稀疏的地方，若有若无的，似路不是路。爬了有半个小时，就到了山顶上，望到了对面的愿成寺，那就是闭关中心，柏林禅寺的明海大和尚就是在那里闭关的。这样一想，就让人肃穆。山脊微隆，如鲇鱼背。两面的沟渠都能看清楚，沟渠及对面的山，都是透绿透绿的，上面是蓝天白云，天蓝得像湖，云白得像莲。再向远处看，即是群山如海，也都是绿的，再远再远就绿得发蓝了，因为有岚气。远处这山顶或那山顶，都能见到寺殿的金顶。这使人想到《五台山歌》里唱的：

高山万仞，五台罗列，文殊古道场。
多少梵宇，多少琳宫，供养大法王。
佛经万卷，牙鉴玉轴，满架尽琳琅。
高僧头陀，水边林下，都是福田乡。
还有那，层峦叠嶂，云起千般样。
更不少，奇花异草，有色又有香。
拍手呵呵！不知几生，修得住清凉。
稽首文殊，不知几时，心地得清凉。

◎ 天马行空

◎ 放下行囊即是家

不远处有凸起的一座峰，乔俊荣和李贵达在靠近峰顶的地方打坐呢。我们看他们，他们好像跟白云齐着。山脊比原来高起来，在山脊上出现了一群马——六匹——四匹黑的，两匹红的。马也是一尘不染，不像是凡间的，而是天马。没有笼头及缰绳，也没有看到谁在看护，它们就像白云那样自由自在。

田鹏给它们照相。刘见心、孔祥新等人先后贴近马群，照相留影。待王铁亮靠近它们时，它们奔跑起来，跑起来的姿势也是舒曼如诗。但也不跑远，跑几步，就又聚拢在一起。

距愿成寺越来越近了，田鹏趴在草地上，附身下来，给寺院顶礼。

莲花开了啊，那就是莲花。那寺就是，紫红色的，布达拉宫那样的深颜色。那就是我们要到的地方。

终于到了，下了这山，到了沟底，再上到对面的坡上。寺院就建在坡上。寺院是一座长方形的院子，东西长，南北短。南面是一排屋宇，北面是大殿，再加东西两厢。进了寺院，我们把行囊卸下，在南庑廊下摆成一排，一个行囊上面一个斗笠，旁边竖一根拄杖，很有节奏感和画面感。

真是清凉界，穿上秋衣都还冷。

我们在会刚法师的引领下，先到大雄宝殿觐见佛菩萨。进殿之后，大家依男女分排在大殿两侧，我和田鹏、王秀杰代表一行人拈香，依次在释迦佛的丈六金身面前，燃香礼拜。众人唱诵《香赞》：“戒定真香，焚起冲天上。弟子虔诚，爇在金炉上。顷刻纷纭，即遍满十方。昔日耶输，免难消灾障。”之后三称“南无香云盖菩萨摩诃萨”，众人也拜三拜。我们这些罪业凡夫，旷劫以来，在生死中流转，不知回头，不肯回头。时至今日，我们迟迟来了，愿以一瓣心

© 心花开时莲花开

香，表明心迹：愿文殊菩萨开蒙击钝，开发出我们的本有智慧，从此正念正行，发菩提心，聚正能量，救拔自己，救度众生，脱离苦海，早成佛道。

之后，会刚法师又领我们到东厢，这里是出家众吃饭的地方：斋堂。在斋堂里，我们请会刚师父给大家开示。他欢迎我们到五台山，愿菩萨加持我们。开示之后，他发给大家每人一串念珠，作为此行的纪念。

离上晚课还有一段时间，我们仍旧来到刚才的山上，看天上的白云变幻，天空如洗过般干净。云也是。山上有松树。那马仍在。人们在照相，或者干脆躺在山上的草丛里，与鲜花做伴侣，就此我们也化成了五台山的一部分。身与心，一切全歇下来了，无牵无挂，无忧无虑，只剩下宁静与萧然。这时的心，才是自在的，完整的，放松的；放松之后，随即开启。心若莲花——心的开启，才是真花的开启；心若不开启，即便所有的花都开了，也无济于事。花是开给我们看的，花是告诉我们：心应该是这样的，必须是这样的。

正是在此时，我在山上捡到了一块石头，呈莲花状。这里的石头多是青色，因此莲花状的石头也是青色，青铜色，那么它是一枝青莲。

当然真正的莲花，不在这石头上，但也没有离开这石头。这莲花状的石头及整座圣宝山都是莲花，整个五台山也是莲花，硕大无朋，开在娑婆世界。

此情此景，使人想到莲花无处不在，但今天它是应时而现，在一块石头上现出面貌。但同时，它也现形在各处，如天上的云，地上的马，远处的松，近处的水，还有寺院里的钟声，还有我们，这如花的笑靥、笑靥般的心。这些都是不凋谢的莲花。

© 山顶可睬莲

© 莲花何闲闲

啊，“走到莲花开”，果然莲花开了。

为什么是莲花开启，而不是别的花开启？因为莲花出淤泥而不染，这也象征佛菩萨。佛菩萨都是在世间修成。佛菩萨在修行的过程中，不是没烦恼，而是能够转化烦恼，能够把烦恼转化为清凉，转化为喜悦。莲花即是喜悦，即是纯净，即是清凉。而烦恼即是淤泥。恰恰是淤泥滋养了莲花，莲花的硕大，莲花的清香，莲花的纯净，均是淤泥之功。这便是莲花与淤泥的关系，也便是菩萨与众生的关系。因此说，人生当中，没有坏事，没有坏人，只有感恩。什么是智慧，认识到烦恼的本质即是智慧；什么是力量，能够将烦恼转化为喜悦即是力量。

因此极乐世界中，众生都是以莲花为父母，都是莲花化生。莲花即是智慧与力量的象征，即是文殊菩萨与普贤菩萨的象征。

什么叫生？莲花开时即是生。什么叫死？莲花灭时即是死。换句话说，即是，智慧乃是生命；没有智慧，虽然活着却也是愚痴，也是苦恼，也是虚幻，而不是真的生命。真的生命，即是智慧的，光明的，干净的，宁静的，自在的，喜悦的。而这种喜悦是超越了苦与乐这样的对待状态的一种高境界，是一种永恒的乐、没有变化的乐，因此叫极乐。

昨天是韩小玉的生日，那是她身体的诞日。什么时候是我们心灵的诞日呢？那就是莲花开的那天，我与莲花同日生。今日，在圣宝山，我们的心灵得到了很大的慰藉，得到了很大的放松，文殊菩萨在此，般若智慧激发了我们，我们的心像莲花一样有了某种程度的开启，当然幼稚，当然懵懂，当然还不自觉，但这也应该属于小荷才露尖尖角，甚至是藕节莲芽初吐，这也应该是心灵的生日了。即便是连藕芽也没有，但从此知道了种藕，也算是获得了生命的自觉。

◎ 白莲次第开

晚上宿在闭关中心。所谓闭关中心，其实就是南面这一排殿。我们在院子里时，就见年轻的僧人们一趟一趟搬运棉被，那是给我们准备的。

我们被安排在西排一号屋子。所谓西排，是说南面这一排殿中间有一个正门，这才是隆重的山门，但目前山门没有正式开，平时只是从东南角的侧门进出。山门东边的房子叫东排，西边的房子就叫西排。会刚法师将我们领到了西排一号，他告诉我们，这是柏林寺明海大和尚闭关的屋子。这让我们很激动，觉得这是上天的安排。屋子是两间，外间有一张单人床，和一张桌子；里屋是整个高出来的像炕一样的通铺。徐崇智住单人床，我和见心、王睿、邓一鸣、李大龙住里屋。

在河北，明海大和尚已经成为象征，一说大和尚那就是指他。20世纪80年代，他以湖北省高考第二名的成绩被北京大学哲学系录取，毕业之后却出家做了衲子。也大概是因为他的示范，后来有好多的高学历的志士出家，由此僧团结构发生了很大的变化。我和田鹏曾是柏林寺禅修班学员，由大和尚亲自授课。我也曾几次亲近大和尚，坐在他对面听他殷殷开示。他来五台山闭关，河北好多人都知道。但是，没有想到，有一天，能到他闭关的地方来；更没想到，能住在他闭关的屋子里。真的非常殊胜。临熄灯，想到大和尚每天在此闭关打坐，精进禅修，让人顿生恭敬。在此肃穆气氛里，我也不敢脱衣服，也没敢马上躺下，而是先静坐，体味这肃静与神圣。一夜似睡非睡，似醒未醒，王睿的手机报时每次都听得很清。十一二点后听不到了，应该是睡着了。总有大和尚的影子，应该是在做梦，但也形不成故事。

大和尚闭关，是要解决生死问题，他解决没解决，我们也不知道，但是我们知道闭关前与闭关后，已非同一个人。他也哭过，且是止不住地哭。就是在这间屋子里吗？那是读《释迦牟尼传》时，读到

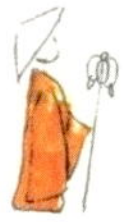

会心处，不由号啕大哭。闭关期间，他是天王殿的香灯师，每天四点半起床，进殿焚香燃灯，打理一切。之后例行上早课，上午诵经打坐，下午拜忏，晚上念着佛号入睡。整个闭关期间，以“无心”对待一切。所谓“无心”就是不分别，所有的毁誉、赞谤、顺逆、是非、得失、冷暖等，均无差别。

这是明海大和尚，他在为我们做榜样。

这边住不下，田鹏、王铁亮、乔俊荣、李贵达、崔春会等与女众住到护法院。护法院是一个单独的小院，就在寺院的东面，相距不远，也在山坡上。中间是自然踏出来的小路。再往上就是大面积的树林了。

寺院这边晚上没饭，我们须在护法院自己做饭。

寺里还有一些配套工程没有完，护法院左近堆着砖瓦木料，有一个男人在给寺里做引水，住在护法院。这个男人带着一个8岁的小男孩，我们的人一进护法院就看到这个孩子了。王铁亮问他：“小朋友，你叫什么名字？”

小男孩回答：“我叫净舍，我什么都能舍。”

这回答让人心头一亮。

据说妈妈在怀小净舍的时候，每天诵一遍《地藏经》。结果，这个小孩真的不凡，5岁之前就已经开始打坐了，《大悲咒》《心经》都能背诵，到寺里来之后，经常上早晚课。

向晚，王铁亮在廊前洗脚，小净舍在院子里玩儿。

王铁亮说：“小净舍，听说你会背《大悲咒》，给大家表演一个呗。”

小净舍说：“《大悲咒》不是用来表演的。”随后唱了一个《老鼠爱大米》的歌，说：“这个才是表演的。”

一会儿他双盘坐在廊下，也不说话。小玉跟他说话，他说：“我入定了。”

坐着坐着，突然他笑了。乔俊荣问他：“你入定了，怎么还笑？”

这时他的爸爸在院子里，代为答道：“人入定入初禅时，会心生喜乐。”

他的爸爸40来岁的样子，穿一件脏乎乎的军大衣，脸黑黑的，看不出有什么特别，对佛学却精通。

临睡觉的时候，小净舍要洗脸。他爸爸给他照着手电，他自己在自来水管前接水，只接了一点点，够用就行，一点不浪费。

四点半上早课，打板的僧沿着墙根走过去，打板的声音清脆、响亮，似乎能够穿透一切。用邓一鸣的话说是“直击人心”。邓一鸣是第一次上早课，这么多年来，也是第一次起这么早，这使他一下子回到童年。凡是生在农村的人，都有起早的经历，那是过麦收或者过大秋，抢收抢种，需要披星戴月。如今不是当年情况，却也要起此绝早，我在喜悦里，大龙在喜悦里，徐崇智在喜悦里，邓一鸣更在喜悦里。邓一鸣说，当他出了屋子，在院子里等候上殿时，抬头之际，看到了又大又亮的启明星。与打板声一样，这启明星也让他感觉到了直击人心的力量。那已经不是星辰，也不再是童年时的启明星，而是在此时此地心里生起来的一种玄妙之感，玄妙到心灵颤动。此是五台山愿成寺，明海大和尚闭关之处，天乃深邃之天，地是静谧之地，宽广无垠，却有星辰挂在檐角。还有钟鼓之响，悠扬辽远。还没上早课，已经有沁心的东西在了。

邓一鸣如此，别人也如此。

◎ 天乃深邃之天，地是静谧之地

在护法院，早晨起来，朱卫峰、韩小玉、王秀杰几个人到伙房去准备早饭，这时又见小净舍。小净舍跟民工们正在吃饭，见了他们，马上问：“你们吃饭了吗？都没吃吗？”随后赶紧把锅盖打开，把馒头一个一个塞到他们手上，并且说着：“快吃，快吃。”

那种真诚，让人特感动。

就一口锅，需要腾出来，韩小玉在把锅里的粥盛给小净舍的时候，不小心洒了一点儿。小净舍双手合十，一直在念施食咒，说：“不要扔，让众生吃。”

这个小家伙，给众人带来了欢乐，也带来了启示。

小玉说：“看到他，我就觉得我太狭隘了，心地不够宽阔。”

乔俊荣说：“他身上那种单纯明净，照出我内心深处的芜杂。”

王铁亮说：“他是菩萨派来演示给我们看的，他让我们懂得，人应该怎样活着。”

郭红霞说：“小净舍特让人喜欢。”

无尽花事梦里参

早就拟好，今天去见梦参老和尚。五台山的老和尚或许有不少，但好像都不如梦参老和尚有资历和名望，在老一代的名僧当中，他也算是硕果仅存了。他已经99岁了，他在，是众生的福报；若能见到他，则是我们的福报。

早课结束后，还不到吃饭时间，一些人依然到山上与白云接近，欣赏五台山的独特风光。在护法院吃过早饭后，我们集在圣宝山正南山门外，与会刚法师合影，之后顶礼告别。

会刚法师一直把我们送到下山的地方，他说，这是净慧老和尚当年上山的路。

2012年6月7日这天，80岁的净慧长老来到圣宝山愿成寺。他是从一大早出发，徒步跋涉一个多小时，才来到这里的。他是来告诉，希望明海大和尚在适当的时候结束闭关修行，回赵州柏林寺领众熏修。如今来看，老和尚这一次来，却也不寻常，他是预知时至，来请大和尚下山。大和尚领命，于11月初结束闭关，回到柏林禅寺。回去不到半年，老和尚圆寂了。

没有路，只是寻找着能下脚的地方，像山羊那样蜿蜒下山。下山路上，看到了更多的马，二三十匹，就在我们身边的山隈里。这样的马，简直不好形容，洁净得让人感动，飘逸得莫可言说，它们与天上

◎ 一生在这里

◎ 地上本无路

◎ 和谐共处

的云，与山上的松，与松间的风，组成一个整体，来向人们诉说文殊菩萨的所在。

据说在五台山，处处能见到文殊菩萨。那么谁是文殊菩萨呢？如果问一个僧，那僧就会这样反问："你说哪个不是文殊菩萨呢？"

梦参老和尚在台怀镇的普寿寺，距离圣宝山有30华里。会刚法师给普寿寺打了电话。于是下山之后，沿着金阁寺前面的盘山公路向下走。沿途所见，这里一座寺院，那里一座寺院，在远处，在近处，处处提示这里是佛国，随时能看到朝圣的人或者车。多是俗众，也有出家僧、尼；有内地和尚，也有藏地来的喇嘛，还有外国人。

人们都一心一意地走路，只有尹建双一路走着还注意着路边山崖上的野花，采了一朵又一朵。后来知道她采的不只有野花，还有野韭菜花。她说这野韭菜花才最有味。说明她不但有情趣，还有生活上的精致。她也真了不起，一路陪着李大龙走来，别人都累坏了，她却依旧身心悠然。

已近中午，我们在一个叫作九龙宾馆的地方吃午饭，然后坐车直奔普寿寺。

到了普寿寺，一位尼师告诉：下午两点半可见老和尚。现在距两点半还有大约一个小时。台怀镇是五台山最繁华的地方，有名的黛螺顶、显通寺、七佛寺、塔院寺、殊像寺、五爷庙等等的，都在这里，于是决定先到附近各个寺院随便参谒，两点左右回来。有几个人不想去了，就在普寿寺前的树荫下休息，我和见心则到路对面的河道里歇息。河道很深，需要下很陡的堤坡。河道里有树，有水，水与树之间是大面积的平地。我们把毡子铺在平地上，躺下来看天上的云，听河里的水声。工夫不大，就听岸上人喊，时间到了。

© 般若之门

人们齐集普寿寺，原来天南地北的好多人，都是等着来参谒梦参老和尚的。梦参老和尚，一生传奇。本来他是17岁的一个兵，1931年，从东北到广东的黄埔去，走到北京，做了一个梦，结果就出家了，当年受比丘戒；不久到了九华山，却见到了金地藏的肉身。金地藏的肉身封在石塔内，60年才开一次塔，恰就让新僧梦参见到了。自此后，他先后依止慈舟法师、倓虚法师，并担任过弘一法师的外护。1941年，转赴拉萨学习密法，依止第十世班禅师赤江仁波切、以灵仓仁波切等，直至新中国成立。

随后便蒙冤入狱，没想到这监狱竟坐了33年，在狱中依然不改正念。1982年平反之后，他发心要讲法33年，把损失的时间再补回来。如今他老人家虽说已经99岁，但身心依然强健，还在讲经普化众生。

我们这些人先在大雄宝殿里念佛，等待。已经有了好几百人，还有人在不断地被引进来。但秩序是好的，整齐的佛号声在大殿里回荡。人们坐在或跪在拜垫上，拜垫上绣着大朵的粉色莲花。宝殿正中的后面是高台，高台上塑有高大庄严的三尊佛像，分别是佛祖释迦牟尼佛、东方药师佛和西方阿弥陀佛。金身的背光是巨大的莲花瓣形状。金身与背光皆是真金所成，辉煌高贵，光彩殊妙。大殿四壁雕刻着各地的各样佛塔，精妙绝伦。梦参老和尚会在这里见大众吗？那么他会以什么样的方式出现？他出现之后会说什么？那场面会是怎样的？这一切都是悬念。但是等啊等，却一直不见老和尚出来。终于有动静了，不是老和尚来，而是我们走。工作人员引着我们这些人出了大殿，穿过甬道和走廊，像龙蛇一样迤逦而行，来到一个院子里，在这里等着谒见老和尚。好几百人排了半院子，工作人员叮嘱：排着队依次进屋见老和尚，老和尚年纪大了，人又多，不必顶礼，鞠躬则可；鞠躬之后即可离开，不可滞留。人们鱼贯而入，怀着崇敬的心见老和尚。老和尚依然很有神采，我曾看过他讲经的光盘，如今见来益

◎ 气象恢宏

◎ 法度庄严

发亲切。老人家在一张桌子后面坐着，右手微微捻动念珠，眼睛看着人家，亦不动声色。有供养的，即把所供养放在桌前的 ·个敞着口的箱子里。邓一鸣背来他编辑的一本专门写茶的书——《茶亦醉人何必酒》，禅茶一味，这也是邓一鸣的一颗真诚心。

老和尚没说话，但真的没说话吗？我却分明听他说，且是关于五台山的：

诸位道友来五台山，乃至现在到我这来，就是信佛的。这个信呢，有种种样样的，多少种的信。朝五台山，你相信文殊师利菩萨，你是真相信吗？真相信文殊菩萨在五台山吗？有这个信心吗？有这个信心相信文殊菩萨他的愿力吗？不论谁来朝五台山，只要你上五台山来，他都到一千里地外接你去，离开五台山下五台山走的时候他送你八百里，他的愿叫“接一千送八百”。你相信吗？在你上山的时候你感觉到文殊菩萨接你去了吗？没这个感觉你还是没相信。感觉到文殊菩萨来接我来了，哪个是文殊菩萨，那你不知道，菩萨不会现一个丈六金身或者金光遍照，不是那样的，你感应不到，反正文殊菩萨准来接你，在一千里地外就来接你了，在你走的时候一定送你到八百里，这是他的愿力啊，不是你的关系。你要来朝五台山了，你发心朝五台山了，那他的愿力酬答你的心，发的心，菩萨你见着也好没见着也好，你来朝五台山，七辈不失人身，这是文殊菩萨加持力，你七辈子还能托生到人，还能来朝五台山。

《大方广佛华严经菩萨住处品》，佛在经上说，东方有国，名曰震旦，其土有山号曰清凉。文殊菩萨每日清晨率一万菩萨绕清凉山，咱们来清凉山见不到的，每天早晨太阳还没出一万菩萨绕清凉山，永远如是……

那时候，四五百年前吧，凡是朝五台山的都能跟文殊菩萨见着

◎ 智慧开时文殊现

面的，每天的夜间到清晨的时候或者夜间12点钟左右，开始了，这五台山到处都是智慧灯。你看看《五台山志》，那时候来朝五台山的，每天到夜间看这山都有智慧灯，从晚清以来一盏灯也没有了，智慧灯没有了。什么原因呢？过去你看山志，《五台山志》中说了很多圣迹啊，来朝五台山的圣迹，现在一件也没发生，就是说众生的业越来越重，菩萨的圣迹都淹没了。不止五台山，九华山、峨眉山、普陀山都如是。

没有智慧可以拜文殊菩萨开智慧，真正地诚诚恳恳地拜，你就能得到。佛法平等，诚则灵，你的心诚到什么程度，感应就应到什么程度，你有什么感就有什么应。过去我们来朝五台山的时候，我小时候，到这个山上，晚上睡觉的人没有，都在外头拜，燃身燃背燃指供佛的，现在看不见了，没有了。但是现在我们来朝五台山能拜菩萨的就已经不容易了，再过一百年，那也不晓得变什么样子了。我年龄不大，就算从我第一次到五台山一直到现在，这80多年来，朝山的人心情变化很大，不一样啊，你有一分感就有一分应，信佛，有一分付出就有一分收入，你没有付出想收入是没得来的，光想收入不付出哪有这个事啊。你要想了生死，你得付出生死，学佛的人都求解脱，你不付出怎能解脱得了呢？有付出才能有收获，没付出就没有收获。他们辛辛苦苦的也是付出啊，一个月才拿几千块钱，人家一个小时就多少万块钱，不能比啊，为啥？知识不到，知识就是力量啊。我们佛教的知识，大家学佛的知识，是什么知识啊？了生死的知识。看破红尘，世间相看破了，把生灭法看破了达到不生灭，这个不容易，这不是金钱也不是物质，大家去想去思维吧。

这是梦参老和尚讲的，虽不是此次所讲，但此次再讲也应该还是这个意思。

他老人家让我们思维，我们思维什么？此次行脚，五百里是地理上的距离，而心灵上的行脚一人一个长度，不仅是五百里，也不仅是五千里，应该是终生的一个距离，是从娑婆世界到极乐世界的距离，是从生死状态到不生不死的距离。这样想来，事情就很大。

此次行脚，前后七天，为的是见文殊菩萨，为的是开智慧。但是如果有人问，见到文殊菩萨了吗，开了智慧了吗，我们该如何答对？

也别说是去见文殊菩萨，即便已经面对文殊，也会有问。

那是在楞严会上，释迦佛陀也曾当面问文殊："文殊，我今问你，如你文殊，更有一个文殊是文殊？还是无文殊？"

文殊答言："我真文殊，没有是与不是。如果说是，就有个不是。是与不是，就两个文殊了。然我今日，非无文殊，于中没有是非二相。"

文殊是不二的，无是无不是，无无无不无。如果我们见文殊菩萨，就应该是这样见。能这样见，即是般若之智。

我们要回去了，但是孔祥新不回去，她要在梦参老和尚这里做皈依。原来她不知道何为皈依，何为信佛，行脚之后，她似乎明白了一些。她说她不能白来一回五台山，必须把自己归纳一回。于是她留下。

归来尚有不尽音

回到石家庄，好多天沉浸在行脚的情景里，这些人做梦是这个，见面谈论的依然是这个。为了写这本书，有些话题是说了一回又一回。人人有感悟，只是有的人说出来了，有的人没有说出来，有的人不知道怎么说。下面即把几个人的感触收录如下：

田鹏：我的朋友张志才说过，人在做大事之前，必须克制自己的欲望。张志才还说，谁想成事，谁就得学会受委屈。张志才几年前就曾经行脚到过五台山，我信他的话。

李大龙的教训在于没有克制欲望，因此大龙有罪受。大龙受的那些罪都是因为我，都是替我受的。庆幸有大龙在。大龙救了我他却一点也不知道。后一天，后头有邓老师，邓老师没学禅，但邓老师的坚韧与沉稳却是连禅者都不能比。邓老师是给大家托底的，也只有他能托得住。也真庆幸有他在。

我是有股冲劲，如果仅仅是个参与者，却不是组织者，那么出问题的肯定是我。我会像大龙那样奋不顾身，也会像邓老师那样落在最后。但那样，我会比大龙还惨，却又做不到邓老师那样。还有闻章老师，他不在前，也不在后，一直不急不缓，他应该是这支队伍的核心。虽然他不声不响。他稳定，大家都稳定。亏了有这么多人，吃喝

拉撒睡，样样逼着，一切成为我的背景，制约着我也成就着我，若是没有这老老少少，也许我走不下来。

因此，我注意用团队精神来弥补自己，体现整体的力量，得到整体的加持。当一个事情或者一个东西摆在面前的时候，用好心看，即是菩萨；用恨心想，即是魔鬼：确实不二。这次大家受了好多磨难，但不以磨难为磨难，磨难就不是磨难。一个磨难，一个磨难，回来后几天还有这感觉。好多事，限制你的恰是保护你的，磨难变成菩提。一路上有烦恼但能消化。消化很重要。

行脚到五台是心力的填充，征服自己才能通达彼岸。想起指陆师父的教诲：不急不缓，徐徐而行。行脚多次，此次刚走出些味道。

崔春会：能走下来也算是有一些意志。走到五台山，自己反而想，是不是为别人想得太少，没有把心量打开。心量还是不够大，应该把自己放下。放下了，心量也就大了。

人都有信息场。有好多信息自己不知道。一个人，如果脚丫子不洗，谁愿意跟你在一起？每个人有每个人的信息场，相互影响。就看谁的纯净。纯净才有力量。

乔俊荣：其实，自己一开始并没有做好准备，并没有往深处想。行脚要遇到的事情太多了，有好多不可预测的东西。太自信了，这种自信不是建立在深厚的基础上的，因此遇到事情容易生烦恼。如果自己一个人，也许没问题，但是，要心里装得下别人，才是真的没问题。五台山不仅是一座山、一个地方，它在心里。此次行脚是自己的一个提升。这次给予我力量的还有马雪琴居士，一个陌生人，却每天念诵108遍《大悲咒》和一部经来护持这支队伍，每天几次短信息给予我鼓励和支撑。这个世界因为有了她而更显示出了圆满。

李贵达：微笑是一个大力量。指陆师父说，成佛是信，一直相信，相信能走到。第四天，觉得不可能走到驼梁。因为第二天少走了40里地，大家都累垮了。这是经验在作怪。结果怎么样，都走到了；不但到了，而且过了。经验是自己给自己的枷锁。

我们觉了，菩萨就出现。

王睿：出发之前想的是：此次行脚，不空腹，有风景可看，不会有任何问题，只是从体质上会进一步得到增强。就是说，只是在身体层面上想。实际走完之后，发生根本改变的却是心灵层面上的，增加了很大的信心，信根生起。真的有佛菩萨加持。所谓"佛菩萨"，其实是自己的觉性，我相信了这种觉性。之前的我，与之后的我，已经不是一个我。原来信心弱，无论是在心灵的追求上还是在生活的操持上，信心不足是最大弱项。只是以自己的知见，来判定事物、选择事物，认知在局限里，对错在局限里，因此自己在局限里。信心足了，恭敬心就生起来了。恭敬心生起来，人生境界就变了，就渐渐圆融了。境界变，境遇变。此是我人生一大转折，方向性的转折。

徐崇智：少走两天，不完整。第一天较劲，直到山上见了指陆师父，才有所缓和。这是一次检验，是身体的检验，更是心灵的检验。一下子就找到差距了，也知道以后该怎么办了。

李大龙：我收获不敢说最大，但是很大。原来在心里藏着的，这回都显出来了。多年的习气：要强，以我为中心，麻袋的钉子爱出头，有什么事好冲动，有时候甚至大话连篇；贪，占有欲强。对自己审视不够，没有感悟到自己。自己傻吗？不傻。总以为不傻，结果是真傻。连自己是谁都不知道还不傻吗？连自己在哪里都不知道还不傻吗？

起了那么多泡，把隐藏在深处的毒都排出来了。毒性太大，水泡里的液体呲到地面上都像硫酸那样冒泡，这是身体里的毒。心里的毒呢？因此要忏悔。

媳妇在我最难的时候发短信来，让我坚持住，要脱胎换骨。我真的会脱胎换骨吗？但这次会让我深入思考好多问题。我得超越出来，审视自己。如果下次再走，再疼、再起泡，我也有办法了。

媳妇去了，若不是她也许我走不下来。即便走下来也是非常艰难。她哄着我，她一点事也没有，又采花又捡石头，蹦蹦跶跶。她是以她的放松来影响我。她也是菩萨。非常感激她。

朱若琳：这七天就是人生。老是想，这能走下来，在以后的生活里，还有什么坚持不了的？我跟铁亮叔最快乐了，我累了的时候，他哄着我，鼓励我。他会在路边掐一朵小花送给我，或者听我唱歌。他就是我的菩萨。

王铁亮：行脚回来，朋友谢东建对别人说："王铁亮变了。"我变了吗？我真变了，我自己有感觉。原来我是飘着的，定不下神来，现在落地了，扎实了。原来即使干也是蛮干，学也是蛮学，心浮气躁，恨不能马上出成果。遇到困难，能逃避就逃避，不愿意把自己逼到一个份儿上。其实真逼到一个份儿上，也不是不行。这次走，有多少回以为不行了，结果没有不行。特别是第四天，夜走驼梁，已经走了那么远，累得不行了，结果又走了那么远。人，真的有无限可能。这次有感觉，心的力量太大了。

"南无清凉山金色界，大智文殊师利菩萨"，路上唱，回来我也唱，每次唱都有感觉，能祛除烦恼。在五台山，见到文殊菩萨了吗？没见到，也见到了。我有力量了。行脚中获取来的力量，在生活中有了大受用。关键时候，能起观照。文殊菩萨随时显现，异地空降那样，你一想，他就来了。遇到问题，他就来了。

邓一鸣：此次行脚，是我人生的一个节点，一个非常重要的节点，也必将成为我生命的支点。故事会随着时间一点点远去，情节也会随着记忆一点点淡去，但是有一种力量已经深入骨髓，随着岁月的流逝沉淀为斑斓的沁色，与命运融为一体，永远不会再离开。行脚既是对心智的考验，也是对生命的检阅，好的不好的全部展现给自己，无论好坏都装不出来。由此我想，做好自己是最重要的。做好了自己，也就做好了全部。一是一切。

跋　语

行脚用了7天，我写它却用了3个月。这也是一次行脚，心灵上的行脚。我依然激动，同样感到了艰难。这艰难不是文字上的，却体现在文字上。

我们这些人虽是一同走来，从细处说，却也没有在一个世界里。而是自己在自己的世界里，连看到的风景都是不一样的。一切取决于心灵上的状态。心灵也如照相机，有着自己的快门和感光点，心态从容的看到是一个从容的世界，心态紧密的会使自己在紧密里。如果心灵闲在，身体上的痛苦有时甚至可以欣赏；而心灵如果痛苦，即便自己的身体也会陷于黑暗，何况风景。由此看来，我的描写别人的文字，其实全是我的揣测，是我眼里的或者心里的。虽然有采访，虽然有的是亲眼所见，虽然我也竭尽全力来再现当时情景，但见到的未必就是真的，竭尽全力也不见得屡中肯綮。而真的只有自己知道，或者连自己也不知道。如今我写出来的已经不是了。虽然不是，却也相似，极端的例子有惠子与庄子濠梁上观鱼，虽有“子非鱼安知鱼之乐”之诘问，但也有“君非我安知我不知鱼之乐”之妙答。因此，在此书中，每个人怎样便怎样了，没有什么，没有对不对，不过是角色。这角色不是我安排的，却也恰在我的安排里。每个角色都在说明某个角色的意思，也在说明大家的意思。因为我们是一个整体，我的既已经是你的，你的也便已经是我的。我不担心对错，但我担心深浅。虽担心，却也没有办法，只好这样：深，深在各位的心里；浅，浅在我的文字里。

这些也许都不重要，重要的是文殊菩萨在看着我们，只要他一笑，我们心中的莲花就开了。

2013年底于石门花开堂

后　记

在石家庄，以2013年“走到莲花开”为发端，行脚五台之事，竟成惯常。每年都有人行脚五台，且人数越来越多。2016年“五一”节，行脚五台的人即多达70多位，已是浩浩荡荡了。以五台行脚为范示，到别处如峨眉、普陀、九华、黄梅等地行脚的人也多起来，而且每月的初一、十五，都有好多人行脚到赵州柏林寺。行脚之事，不仅惯常，且也寻常了，然而此寻常，实乃非寻常也。

从五台山回来之后一个月，我就突然会画画了，或者说，敢画画了。且画的题材多与禅有关，其中当然也画了一些五台行脚图。随着行脚图的出现，随即有了长诗，随即有了《走到莲花开》画册，也有了“欢喜地”的迁移、“自在生活馆”的开业和“自在生活健康管理有限公司”的成立，还有河间“身心减负孵化基地”的奠基等等，当然也包括本书的出版。所有这些，我都愿意看成是当年行脚五台的后续，走到莲花开，一朵朵莲花，依然开在次第里。因此，把长诗附在这里便有了理由：

文殊师利菩萨，震旦西北有缘。
气作清凉之界，山呈五瓣之莲。
日日都在说法，度众无量无边。

佛说妙境不虚，此典见于华严。

古来多少智者，行脚来朝五台。
不远千里万里，只愿般若花开。
今日是何日兮？上天作此安排。
一十八位行者，拄杖走出尘埃。

太行东麓起香，须翻百岳千梁。
时间正自酷暑，再赠一轮骄阳。
水瓶倾尽湖海，浑身汗洗如浆。
莫非莲藕在处，必须漾漾汤汤。

总有不知足时，此时难忘双足。
大泡连着小泡，甚至血肉模糊。
一步仅成半步，半步亦作踯躅。
此心安住当下，才是要紧功夫。

突然风狂雨骤，正巧夜幕四合。
衣飞几成鹏鸟，闪电化作龙蛇。
别说风恶雨恶，恰是慈婆悲婆。
厉厉威严若此，莫非护法韦陀。

山道旋了再旋，全凭一根木杆。
杆头云蒸霞蔚，可惜不见神仙。
突然峰回路转，云铎响在山巅。
遇到法师指路，看他旱地栽莲。

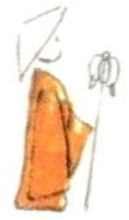

走到莲花开

一日行程百里，入夜还在山巅。
远处光明突现，情景恰似西天。
终于笃笃挨到，刹那化为云烟。
两边喧嚣涧水，四面暗夜如磐。
高山威猛似虎，大地沉寂若船。
算定弓折箭断，岂料灯尽烛燃。
死时恰是生时，生死只在瞬间。

行程绵绵五百，磨短拄杖若干。
眼见妙高峰近，回首默默无言。
文殊菩萨安在？当在何处说禅？
峰岭高处红顶，红顶之上紫幡。
紫幡之上白云，白云之上蓝天。
蓝天之上飞鸟，飞鸟驮着虚玄。
白马也在山顶，姿态翩翩闲闲。
坡上坡下山花，寺前寺后山泉。
一位游僧走来，微笑即是语言。
云作广长舌相，峰化千瓣之莲。
文殊行脚去了，留下般若好参。

其实也不敢称诗，只是韵文。此韵文的出现，缘于朋友潘学聪。是他鼓励我且帮助我出画册，他来写长卷，为赚取他的长卷，我便来写了这韵文。还有即是，一些行脚图，也恰好作了此书的插图。而且，诸位朋友还酝酿，此书出版后的首发式，由自在生活馆来办，是以行走的方式，从欢喜地出发，还回到欢喜地。

真的很好，一切都恰恰好。谁安排的呢？不敢说即是本书的责编邓一鸣，但没有他便肯定不会好到这么好。

2016年7月23日于石门花开堂